라마야
기다려

라마야
기다려

방은진 지음

북하우스

차례

1부 그리운 건 언제나 가까이에 있다

첫 대면 · 11

나를 부르는 소리 · 21

가족의 탄생 · 31

우리 집은 양털 밭 · 41

2부 나를 키운 건 팔 할이 기다림

대문 지키는 아이 · 53

기다림의 온도 · 61

엄마의 전시회 · 69

예고 없는 이별 · 79

3부 세상이라는 무대 위에서 우리 모두는 한낱 배우

브라보 마이 라이프! · 93
무대로 가는 길 · 101
배우로서 견뎌야 할 시간들 · 111
영화배우가 된다는 건 · 119
일만 시간의 법칙 · 127

4부 우리는 모두 자신의 역작을 기다린다

데뷔의 순간 · 139
여자 강우석에서 감독 방은진으로 · 151
보는 나와 보이는 나 · 159
그리하여 떠나기도 하라 · 167
기대하고, 기다리다 · 177

5부 만나고 싶어도 만날 수 없고 외면하려 해도 피할 수 없는

칠 년의 사랑 · 189

사랑과 집착 사이에서 · 199

영원한 지하철 1호선, 영원한 청년 김민기 · 209

내 마음의 거울, 네 눈의 거울 · 219

우리가 있잖아요! · 225

밤으로의 여행 · 233

6부 어디에 있는가보다 중요한 건 어디로 가는가

떠날 수 있는 사람은 아름답다 · 245

안개가 있는 한 폭의 수채화 · 257

목련이 피기 위하여 · 267

고도를 기다린다 · 275

저자의 말 · 285

1부

그리운 건 언제나 가까이에 있다

나라면 너를 세상의 중심에 놓을 것 같고
나름 너랑 좀 비슷하게도 생긴 것 같고
그랬던 거지?

첫 대면

골든레트리버는 나의 로망이었다. 몰티즈와 시추 형제를 키우던 즈음이라 더더욱 큰 개가 가지고 있는 존재감이 탐났다. 그 선한 눈빛. 눈이 불편한 사람들을 안내할 수 있는, 머리 좋고 인내심 많은 종. 넉넉하고 부드러운 아이라면 레트리버 한 마리를 키워보고 싶었다.

라마는 패션 디자이너 김동순 씨가 기르던 골든레트리버의 막내둥이였다. 다른 새끼들은 다 떠나보냈지만 라마만은 유독 예쁘고 사랑스러워 엄마 곁에 두었다고 했다. 원래 라마는 내가 키우려던 아이가 아니었다. 전 국립박물관장을 지내신 김홍남 교수님 댁에 삼 년가량 세입자로 살던 무렵 내가 매일같이 레트리버 노래를 불러댄 까닭에, 훗날 반려견을 수소문하던 교수님이 레트리버를 구하셨던 것이다. 그러나 안타깝게도, 교수님이 라마를 데려왔을 당시 나는 용인에 있는 전원주택단지로 이사를 한 후였다.

"전에 말한 레트리버 새끼, 오늘 집에 왔어. 근데 아휴, 어쩌면 좋아?"

전화 너머로 들려오는 교수님의 목소리가 꽤나 다급했다.

더 물을 것도 없이 나는 차를 몰았다. 교수님 댁에 도착하자마자 3층 테라스까지 한달음에 뛰어올라갔다. 테라스에는 대리석으로 둘러싸인 작은 대밭이 있었는데, 그 앞에 생후 넉 달이 된 라마가 웅크리고 있었다. 휴대폰으로 사진을 찍지 못하는 시절이었던지라 그저 내 눈과 머릿속에 각인되어 있을 뿐인 그 아이의 모습은 마치 한 마리의 길 잃은 새끼 사자 같았다. 꺾어진 모퉁이에서 대밭을 등지고 배를 깐 채 엎드려 낯설고 무심하게 나를 올려다보는 어린 짐승.

"어제부터 저러고 꼼짝을 안 해. 쉬도 안 하고 밥도 안 먹고."

밥도 안 먹고 생리 현상도 해결 안 하는 이 강아지는 뭐람. 나는 라마와 마주하고 퍼질러 앉아 한참을 그저 바라만 보았다. 녀석은 나를 흘낏 한번 보고는 외면해버렸다. 대형견을 키워본 사람들은 알겠지만, 이 아이들은 소형견보다 성장 속도가 훨씬 빠르다. 하루가 다르게 덩치가 불어나는 게 눈에 띌 정도다. 생후 6개월이면 거의 다 자라서 8개월째부터는 성장의 속도가 완만해지고, 1년이면 성체에 이른다. 그 이후 골격이나 털이 완성 단계에 들어서기 시작해 1년 6개월을 넘어서면 더 이상 성장하지 않는다. 나와 처음 만났을 때의 라마는 젖내 나는 새끼도 아니었고, 꼬물꼬물 천방지축 사고만 치는 악동 시절을 지나 훌쩍 성숙해지기 시작하는 시기였다. 몸무게가 십 킬로그램을 넘어 겉모습은 성견 티가 나지만, 속으로는 아직 아무것도 모르고 그저 엄마가 그리울 따름인 여리고 어린 아이.

왜 그랬는지 모르겠다. 이 아이는 외롭고 두려운 거구나 싶은 생각에 울컥하며 가슴 한편이 아려왔다. 햇볕 따사로운 초봄이었지만 공기는 아직 싸늘했다. 코끝이 맵싸해졌다. 저 차가운 바닥에 배 깔고 저러고 있으면 안 되는데 싶어서 팔을 뻗어 손을 잡으니 쓰윽 손을 빼낸다. 다시 손을 뻗으니 잠시 잡혀주는 듯하다가 슬쩍 빼고는 아예 턱 밑에 괴고 엎드려버린다. 팽팽한 긴장감 속에서 꽤 시간이 흘렀다. 그렇게 꿈쩍 않고 자리를 지키던 아이가 "와, 이리 와봐" 나직하게 자꾸만 되풀이해 부르는 나에게 불현듯 다가왔다.

"꺄악! 얘가 제 발로 나한테 왔어요!"

얼결에 내 품에 안긴 라마는 그저 멀뚱멀뚱, 그런 라마를 바라보는 나도 멀뚱멀뚱, 그 광경이 신기한 교수님도 멀뚱멀뚱 서 있었다. 사철 푸른 대나무가 굽어보는 가운데 일어난 작은 기적이었다. 한동안 내 품에 있던 라마는 내 손바닥에 놓인 사료를 맛있게 먹고는 물도 한 그릇 벌컥벌컥 마셨다. 그리고 흙이 밟히는 대나무 밭으로 훌쩍 뛰어들어가 길게 오줌을 누었다.

그러니까 라마야, 그때 네가 날 선택한 거지? 솔직히 말해서 그렇잖아. 네가 다른 누구도 거들떠보지 않고 계속 그러고 있다가 제풀에 지쳐서 교수님한테 갈 수도 있었겠지. 근데 내가 만만했던 거잖아. 나라면 너를 세상의 중심에 놓을 것 같고, 나름 너랑 좀 비슷하게도 생긴 것 같고, 그랬던 거지?

강아지들은 철들 때까지 늘 곁에서 지켜봐야 하고, 의외로 잔손이 많이 간다. 그런 과정을 거쳐야만 제대로 사람과 더불어 사는 습성을 기를 수 있다. 그러니까 전제는 무엇보다 주인이 강아지에게 할애할 수 있는 시간이 많아야 한다는 것이다. 공교롭게도 그 시절, 2000년대 초 무렵 나는 시간이 아주 많았다. 시작은 그저 교수님을 도와드리려던 것이었는데, 얼마 후 라마는 아예 우리 집으로 옮겨와 나와 함께 살게 되었다. 더 많은 시간을 사람과 함께 지내며 버릇도 잘 들이기 위해서였다. 그리고 라마와 나는 지금까지

한 식구로 지내고 있다.

그 무렵 나는 준비해온 뮤지컬이 IMF의 여파로 좌초되고 영화 출연 건도 흐지부지되면서 용인에 틀어박혀 시나리오를 쓰고 있었다. 배우로서의 방은진은 대중적인 인지도도 그저 그랬고, 상업 영화의 주인공을 맡기에는 외모나 나이가 걸렸다. 간헐적으로 들어오는 아침 드라마의 출연 제의도 자존심 때문에 차마 수락하지 못했다. 한창 잘나가던 시기에 나로서는 허심탄회하게 이야기했던 의식이니 당대성이니 하는 것들이 까다롭고 잘난 척하는 여배우라는 인식을 사람들에게 심어주었는지, 그맘때에는 거의 찾는 사람이 없었다.

"방 배우, 좀 만날 일이 있는데……."

이스트필름 명계남 대표님의 갑작스러운 전화였다. 무슨 일 때문인지는 말씀을 않고 기어이 집으로 오겠다더니 정말로 찾아왔다. 뜨거운 여름, 활짝 열어젖힌 창밖으로 눈에 들어오는 것이라고는 온통 녹색뿐이던 그날의 만남이 바로 내가 감독으로서 첫발을 내딛는 계기가 되었다.

대표님은 내 앞에 소설책 한 권을 꺼내놓았다. 마르시아스 심의 『떨림』. 한 남자와 여러 여자 간의 성애 에피소드를 다룬 이 작품을 원작으로 영화를 기획하고 있다고 했다.

"출연요?"

"아니, 연출."

"네? 저보고 연출을 하라고요?"

나는 눈을 동그랗게 뜬 채 몇 초간 숨을 멈췄다. 예상치 못한 제안도 그렇고, 이 양반한테 내 속마음이 훤히 들여다보이나 싶어 더없이 복잡하고 미묘한 감정이 들었다. 사실 나는 그간 여러 편의 단편영화에 출연하면서 (도와준다는 명목 아래) 다양한 역할의 스태프로 영화 현장을 기웃거렸고, 드디어 조감독 겸 주연으로 참여한 단편영화 〈장롱〉을 끝마친 참이라 소위 스태프로서 현장 맛을 본 직후였다. 그러다 보니 내 영화를 찍어보고 싶은 마음이 생겨 남모르게 조용히 '코닥 이스트만 단편영화 제작 지원'에 응모했다가 낙선해 한창 의기소침하던 차였다.

"당신, 준비된 감독 아냐? 제작자협회에서 방은진이는 연출 잘할 거라고들 하던데? 그리고 에로틱 무비를 남자가 아닌 여자의 시선으로 만들면 더 파격적이고 재밌을 것 같지 않아?"

벅찼다. 그야말로 '떨림'이 전해왔다. 아직 원작을 읽기 전이었지만 내용이야 아무러하면 어떠랴. 잘 각색하면 된다는 생각이 머릿속에서 빠르게 돌아갔다. 일단 원작을 읽어보겠다며 답변을 미루고 대표님을 배웅한 후 떨리는 가슴으로 『떨림』을 펼쳐들고 단숨에 읽어 내려갔다. 마지막 책장을 덮고 나는 명 대표님께 연출을 맡아보겠다고 답을 전했다.

닥치는 대로 에로티시즘, 성의 윤리학, 육체의 언어 등에 관한 온갖 서적들을 섭렵하고 시나리오 작업에 몰두했던 나는 2002년 초에 초고를 완성했다. 그리고 시나리오 수정 작업을 하던 중에 라마가 나에게 왔으니, 라마는 내 영화감독 인생의 궤적을 가장 가까이서 지켜본 것이나 다름없다.

라마와 맨 처음 살았던 용인의 집에서는 칠 년을 있었다. 기름보일러를 돌려야 하는 겨울이면 아침에 일어나 시린 어깻죽지를 펴고 주방까지 나가는 것도 고역일 정도로 추웠고, 때때로 보일러로도 모자라 페치카벽난로에 나무를 때기도 했다. 낭만적인 광경이었으리라 지레짐작하지 말아주길. 불 피우는 건 어렵고 재 치우는 건 말 그대로 고생이다. 그러나 그 동네는 참 조용하고 고즈넉하여 개를 키우기에 더없이 좋았다. 어쩌면 이 아이를 키우기 위해 이곳으로 이사를 온 것은 아닐까 싶을 정도였다. 문을 나서면 발길 닿는 곳마다 산책로가 펼쳐져 있었고, 정문 입구에 있는 아담한 저수지에는 겨울이면 물오리 떼가 몰려와 라마의 사냥 본능을 자극하기도 했다. 집들이 띄엄띄엄 들어서 있어 어쩌다 마주치는 사람이라고 해봐야 나와 마찬가지로 개를 산책시키는 사람뿐이었다. 나 혼자라면 절대 가보지 않았을 멀고 외진 곳까지도 라마와 함께 탐험

하며 돌아다니는 나날들이 쌓여갔다. 그러면서 걷기의 묘미를 알게 되었다.

지금도 나는 답답한 일이 생기거나 생각이 많아지면 무조건 걷는다. 때로는 앞만 보며 빠르게 걷고, 어떨 때는 주위에 한눈을 팔다가 문득 정신을 차리고 원래 가려던 방향으로 걸어간다. 내가 걸어온 삶도 그와 비슷하다. 길을 가다 보면 멈춰야 할 때도 있고 돌아가야 할 때도 있지만 이미 걸어온 길만큼은 후회하지 않는다. 그것은 내가 선택한 길이었으니까.

아무것도 없이 시작한 감독 인생의 동반자였던 라마, 늦은 밤에야 집에 돌아오고 촬영 때문에 몇 주를 떨어져 지내도 늘 한자리에서 날 기다려주던 라마는 다행히도 아직 내 곁에 있다. 서울로 재입성한 지 어느덧 사 년. 그동안 세 번 이사를 하고서야 마당 있는 집에 살게 해주겠다는 약속을 지킬 수 있게 되었다. 하지만 나는 안다. 이곳에서 라마와 함께 지낼 시간이 그리 길지 않으리라는 것을. 지금 이 글을 쓰는 순간에도 내 발치에서 고르지 않은 숨소리를 내며 잠들어 있는 라마를 보니 그동안 내가 라마에게 가장 많이 했던 말이 떠오른다.

"라마야, 기다려."

어쩌면 평생 라마에게 나라는 존재는 기다림이었는지도 모르겠다. 우리는 모두 누군가에게 기다림의 대상이고 또 누군가를 기다리며 살아간다. 눈물 나게 행복하고 또 모든 것이 부질없어질 만큼 힘든 나날들은 모두 기다림이라는 타임라인 위에 펼쳐진다. 그것은 아마도 혼자서는 살아갈 수 없는 우리들이 수많은 인연을 거치면서 인생이라는 집을 짓고 부수고 또 지어나가기 때문일 것이다. 외로웠던 나에게 라마는 늘 따뜻한 온기를 주었고, 하염없는 사랑과 위로를 건네주었다. 그렇게 라마는 내가 열심히 살아야 하는 이유가 되었다.

나를 부르는 소리

2008년 즈음의 일이었던 듯하다. 라마는 네 살 때부터 매년 치과 스케일링을 받았다. 대형견은 소형견처럼 양치질을 시키기가 쉽지 않기에 정기적으로 치석을 관리해주지 않으면 나이 들어 구강 질환으로 고통받게 된다. 그런데 사람과 달리 개는 스케일링을 할 때 반드시 마취를 해야 한다.

그해 라마는 늘 해오던 스케일링뿐만 아니라 구강 내 염증을 치료하는 간단한 수술도 함께 받았다. 그런데 치료를 마치고 입원실로 옮겨진 후 마취가 풀릴 시간이 지났는데도 좀처럼 깨어나지를 않았다. 고작 한 시간짜리 어렵지 않은 수술이었고 아무 이상 없이 잘 마무리되었는데도 라마는 깨어날 생각을 않고 맥박과 혈압은 점점 떨어져갔다. 마취에서 깨어나도록 도와주는 주사를 놓았더니 오히려 맥박과 혈압이 더 떨어졌다(사실 나는 모든 상황이 종료된 후 병원에서 연락을 받고 나서야 이런 일이 있었다는 것을 알았다). 전혀 예상치 못한 상황에 혼비백산한 권영항 원장님은 라마를 깨우고자 온갖 방법을 다 시도했다. 그럼에도 라마의 의식은 좀처럼 돌아오지 않았고, 절박한 마음에 원장님은 라마가 가장 좋아하는 간식인 덴티 츄치석 제거용 개껌 봉지를 뜯으며 외쳤다.

"라마야, 덴티 츄우! 라마가 좋아하는 덴티 츄!"

그 소리에 갑자기 맥박이 80을 훌쩍 넘어 120까지 올라가더니 라마가 깨어났다. 라마는 의식이 혼미한 상태에서도 고개를 돌려 덴티 츄를 씹어 삼키고 또다시 의식을 잃었다. 원장님이 새 덴티 츄 봉지를 뜯으면 번쩍 정신을 차렸다가 다시 기절하기를 되풀이하던 라마는 결국 그날 덴티 츄 열두 개들이 큰 봉투를 두 봉 가까이 해치우고서야 정상으로 돌아왔다. 그러니까 결국 라마를 깨운 건 덴티 츄 봉지 뜯는 소리였던 것이다. 원장님이야 다급해서 한 일일 뿐이었겠지만, 사실 라마가 봉지 소리에 반응하게 된 계기는 따로 있었다.

이스트필름이 동숭아트센터로 둥지를 옮기고 얼마 안 되어 나

는 매일 출퇴근을 하기 시작했다. 시나리오 작업을 할 때는 비정기적으로 사무실을 드나들었는데, 본격적으로 〈첼로〉 프리프로덕션 작업에 들어가자 상근을 하게 되었던 것이다.

〈첼로〉는 금기에 도전하는 파격적인 멜로 영화였다. 〈첼로〉의 시나리오를 본 강우석 감독님은 성공 가능성을 높게 평가해주셨고, 내가 연출을 맡는 것으로 해서 투자 배급도 결정이 났다. 연출부와 제작부도 출근하기 시작했고, 스태프 대부분이 꾸려졌다.

이스트필름의 명계남 대표님 이하 사무실 식구들이 모두 개를 사랑하는 사람들이었기에 라마는 나와 함께 당당히 출퇴근을 했다. 극장이 있는 건물인지라 주차장 관리인 두 분께 간곡히 부탁드려 엘리베이터가 아닌 계단을 이용해 사무실이 있는 4층까지 오르내림으로써 최대한 극장에 예를 갖추는 것도 잊지 않았다. 당시 생후 일 년 반이 된 라마는 도우미 개 학교를 졸업한 직후라 명령어를 척척 알아들어 사람들에게 칭찬을 받곤 했다. 라마는 많은 사람들이 반겨주는 사무실에 들어서면 신이 나 사무실을 휘휘 돌고는 명 대표님 자리까지 가서 인사를 건네고야 내게로 왔다.

"올라!"

책상 앞에 놓인 소파를 가리키며 말하면, 라마는 소파에 올라앉아 내가 다른 말을 건네지 않는 이상 꼼짝도 하지 않았다. 영화 작업이 더욱 박차를 가하자 나는 사무실 인근에 작업실을 얻었고,

그곳에서 지내며 라마와 걸어서 출퇴근을 했다. 그렇게 라마가 나와 함께 다니는 것이 일상이 되었고 무탈한 날들이 지나갔다.

그런데 내가 본격적으로 장소 섭외를 다니게 되자, 라마가 사무실에 남아 나를 기다리는 시간이 늘어났다. 라마를 소파에 앉히고 "기다려. 갔다 올게"라고 하면 라마는 나를 따라나서지 않고 그 자리에서 떠나는 내 뒷모습을 가만 지켜보았다. 내근을 하는 직원들이나 대표님께 몇 시쯤 라마를 밖에 데리고 나가 오줌을 뉘어달라고 부탁했지만 정작 그 시간에 전화를 하면 돌아오는 대답은 늘 이랬다.

"감독님이 기다리라고 한 자리에서 라마가 꼼짝도 안 해요. 간식을 줘도 안 먹고요. 자기가 자리를 뜨면 감독님이 안 올 거라고 생각하는 모양이에요."

데리고 나가려고 해도 도저히 안 되겠다 싶을 때까지 참았다가 가까스로 움직인다고 했다. 볼일을 마치면 쏜살같이 사무실로 먼저 들어와 소파에 올라가 있다는 것이다. 사무실 식구들은 오매불망 나만 기다리는 라마를 안쓰러워하면서도 기특해했다. 날이 저물어 내가 사무실로 돌아오면 라마는 벙긋벙긋 웃음과 함께 꼬리를 흔들며 매번 극적인 상봉을 연출하곤 했다. 그제야 내가 주는 간식을 허겁지겁 먹어치우는 라마를 바라보고 있노라면, 그렇게 배가 고팠으면 다른 사람들이 주는 걸 먹지 그랬니 싶어 안타깝기 그지없었다. 어떻게든 조치를 취하긴 해야겠는데 방법을 알 수가 없었다.

그러던 어느 날, 장난기 많은 최지용 실장이 빙글거리며 다가오더니 드디어 라마를 움직이는 데 성공했다고 말했다.

"진짜? 어떻게?"

"우선 책상에 앉아 계세요. 라마도 소파에 앉히고."

최 실장뿐만 아니라 사무실 식구들 모두가 뭔가 대단한 걸 보여주겠다는 듯이 의기양양했다. 어리둥절한 나는 일단 그들이 시키는 대로 했다. 라마는 평소처럼 소파에 앉아 나만 바라보고 있었다. 그 순간 어디선가 바스락거리는 비닐봉지 소리가 들렸다. 그러자 라마의 고개가 번쩍 들리더니 내 눈치를 슬며시 보는 게 아닌가. 내가 딴청을 부리자 라마는 미끄러지듯 소파에서 내려와 최 실장에게로 갔다. 나도 슬그머니 라마 뒤를 따라갔다. 최 실장 옆에 다가간 라마는 꼬리를 살랑살랑 흔들며 서 있었고, 최 실장은 빈 비닐봉지를 흔들어 보였다.

"라마, 없어. 다 먹었다니까?"

까르르! 그 모습을 다 같이 지켜보던 사무실 식구들이 일제히 웃음을 터뜨렸다.

"뭐야? 라마를 먹는 걸로 유인한 거야?"

내가 없는 동안 사무실 돌아가는 것을 유심히 관찰하던 라마는 사람들이 비닐봉지에서 빵이나 스낵을 꺼내어 먹는다는 사실을 알게 되었다. 또 계속 소파에서 자리를 지키고 있긴 하나, 내가 오려면 몇 시간은 더 있어야 한다는 것도 파악했다. 충성심을 앞세워 쫄쫄 굶어봐야 자기만 손해란 것을 깨달았을까. 라마는 얼른 비닐봉지에 담긴 먹을 것을 얻어먹고 곧바로 다시 소파로 돌아오는 방법을 터득했다. 그동안 라마가 망부석처럼 나만 기다리고 있지 않을까 심각하게 고민했던 나는 웃음이 나왔다. 개도 사람도 살아남기 위해 본능적으로 생존 방법을 궁리하는 법이거늘 이 무슨 헛걱정이었단 말인가? 나는 그런 라마가 대견하기도 하고, 또 라마에게 미안하기도 했다. 무엇보다 라마를 따뜻하게 보살펴준 사무실 식구들에게 감사하는 마음이 가장 컸다. 그런데도 내 입에선 이런 말이 툭 튀어나왔다.

"떡이나 단 거는 주지 마. 너무 많이도 주지 말고!"

고마움보다 걱정이 한발 앞서는 엄마 마음이란 게 이런 것일까.

라마는 보이지 않는 쇠창살을 스스로 뚫고 나와 사무실을 활보하며 맛있는 소리를 찾아다내곤 했다. 급기야 명 대표님의 책꽂이에 놓여 있던 크래커를 찾아내 이빨 자국을 남기기도 했다. 그런 라마를 예쁘게 봐준 사람들이었기에, 자칫 건조하기만 할 수 있는 사무실에서 라마는 활력과 웃음을 주는 어엿한 식구가 되었다.

그렇게 일 년이 조금 지나 사건이 발생했다. 지금에 와서 생각하면 무슨 전조가 아니었을까 싶기도 하다. 이스트필름 사무실이 있던 4층에는 동숭아트센터 김옥랑 대표실과 비서실이 있었다. 모두가 같은 화장실을 이용했는데, 라마는 종종 내가 화장실을 가면 따라나서곤 했다. 하필이면 그날따라 화장실에서 라마와 나, 그리고 비서가 딱 맞닥뜨렸다. 그 비서는 개를 아주 싫어하는 사람으로, 내가 없는 자리에서 여러 차례 라마에 대해 불평을 하기도 한 모양이었다. 명 대표님과 황응천 상무님이 나 모르게 막아주고 있었던 것이다.

그날 이후, 라마와 다니던 비상구와 건물 곳곳에 “애완견 출입금지 – 이곳은 극장입니다”라는 안내문이 보라는 듯이 나붙었다. 그동안 쭉 아무 문제 없이 다녔던 곳인데, 안내문 한 장 때문에 나와 라마는 죄인이 되었다. 게다가 동숭아트센터 홈페이지 게시판에 비서의 공지 글까지 올라오자 상황은 더 나빠졌다. 나는 “세 들어 있는 사무실에 출입하는 것이지 극장 안에서 개를 데리고 공연 관람을 하려는 것이 아니며 관객에게 불편을 끼친 적도 없다”라고 공방을 벌였고, 라마의 도우미 개 학교 졸업증명서까지 떼어 보냈지만 소용이 없었다. 개인적인 친분도 있고 애견가이기도 한 김옥랑 대표님도 개를 무서워하는 직원이 불편을 호소해오니 입장상 내 편을 들어주기가 곤란했고, 세입자였던 명 대표님과 사무실 식구들 역시 곤혹스러워하는 기색이었다. 나 역시 논란의 대상이 된 라마를 계속 데리고 다니기가 껄끄러웠다.

그러는 사이 〈첼로〉의 투자 결정이 보류되면서 갑작스럽게 제작사 형편도 기울어버렸다. 비싼 세를 내야 하는 동숭아트센터에 더 이상 머물기가 어려워졌던 것이다. 결국 〈첼로〉는 좌초되었고, 이스트필름은 합정동 단독주택으로 이전하여 재정비에 들어갔다. 나 역시 〈첼로〉 대신 다른 작품을 준비하게 되었다. 아무런 기약 없는 힘든 시간이었지만, 적어도 합정동 사무실에서 라마는 누구의 간섭이나 눈치도 받지 않고 자기 자리를 지킬 수 있었다. 물론 내가 부재중일 때면 어디선가 들려오는 봉지 소리에 입맛을 다시며 달려가는 것도 여전했다.

치과 수술 후 마취에서 깨어나지 못하던 라마가 생사의 갈림길에서 덴티 츄 봉지 뜯는 소리를 듣고 살아난 케이스는 대한수의학회에서도 풀지 못한 미스터리로 남았다고 한다. 아무도 생각지 못했던 방법으로 라마를 깨우려고 했던 원장님의 '특효 처방'은 그분이 많은 시간을 라마와 함께 보냈고 그만큼 라마를 아꼈기 때문에 유효했을 것이다. 그리고 그보다도 훨씬 오래전, 하릴없이 주인을 기다리는 라마를 살갑게 보살펴준 사람들이 있었기에 가능했던 일이 아닐까.

목표를 이루기 위해 모두가 힘을 모아 성실히 단계를 밟아가도 뜻밖의 난관에 부딪쳐 좌초되는 경우는 허다하다. 특히나 영화의 경우에는 완성한 후에도 개봉관을 잡지 못하는 일이 종종 있다. 목적이나 의지가 아무리 훌륭하다고 해도 그것이 반드시 좋은 결과로 이어지지는 않는 법이지만, 만약 그 일이 진심으로 내가 바라고 사랑하는 일이라면 그것을 향한 의지가 위기에서 벗어나는 결정적 계기를 만들 수 있다. 그 의지 속에 지난한 기다림의 과정을 견디면서 쌓아온 수많은 경험이 빼곡히 녹아들어 있기 때문이다.

처음 만난 날
너는 넙죽 내 품에 안겼어

가족의 탄생

레트리버 종의 평균 수명은 약 십 년. 라마가 여덟 살 가까이 되자 권 원장님은 자꾸만 내게 한 마리 더 키우는 게 어떻겠느냐고 권했다. 그동안 라마와 내가 쌓아온 관계를 잘 알고 있는 분이기에, 라마가 떠나고 나면 홀로 남은 나의 상실감이 꽤 오래가리라는 우려 때문이었다. 하지만 그럴 때마다 나는 한사코 고개를 내저었다.

"그냥 제가 감당할게요. 어차피 알고 있는 거, 감당해야죠……."

말은 그렇게 했지만 솔직히 나는 세월이 라마를 비껴가주길 바랐다. 그것도 아주 간절히. 라마는 이미 여덟 살 때부터 눈에 띄게 쇠약해졌다. 아토피도 오래 앓았고 종양 수술, 치과 수술, 조인트

마우스 수술 인대에 박힌 뼛조각을 제거하는 수술 등 횟수를 다 헤아릴 수 없을 만큼 병치레를 했으니, 어느 시점부터인가 라마의 노쇠가 더 빨라지는 것만 같았다. 팔 년 동안 늘 나와 동행하던 라마를 더 이상은 데리고 다니지 말아야겠다는 생각이 들었다. 대신에 혼자 있는 라마를 산책시키고 배설을 해결해주도록 펫시터를 고용했다. 그렇게 일 년 정도 더 지났을까, 원장님의 한마디가 내 마음을 움직였다.

"라마가 지금처럼 그나마 기운이 있을 때 동생이 생기면, 동생은 라마가 하는 것을 절로 따라 배우고, 라마도 지금처럼 잠만 자지 않고 보다 활달해질 겁니다. 더 늦으면 라마 수발하느라 감독님도 다른 개에게 정 주기가 어렵고요."

"라마가 지금보다 활달해진다고요?"

아닌 게 아니라 라마는 구석에 웅크리고 누워 잠만 자는 시간이 길어지고 있었다.

임순례 감독이 대표로 있는 동물보호시민단체 '카라'를 통해 이따금씩이나마 유기견보호소 봉사 활동을 해오던 나는 조심스럽게 라마의 동생을 찾아보기로 했다. 하지만 까다로운 내 성격상 라마의 동생이 될 아이를 만나기란 쉽지 않았다. 주위의 애견인들에게 은근슬쩍 키우는 견종의 특성이나 키우기 수월한지 어떤지를 물어보기도 했다. 그러던 중 내 관심을 끈 것이 바로 삽살개였다. 삽살개를 키우는 강신일 선배와 류태호 선배, 연출가 김광림 선생님의 삽살개 예찬론에 마음이 움직인 것이다.

"개 중에서는 최고야. 애들한테는 자상한 삼촌 같고, 무엇보다 든든하거든."

든든하다고? 나는 그 말에 혹했다. 라마는 대형견이지만 공격성이 전무하다시피 했다. 산책을 나갔다가도 이상한 소리가 들리면 앞장서기는커녕 오히려 내 뒤로 숨던 분이시다. 나는 언제나 라마를 내가 지켜야 할 대상으로 여겼지, 라마가 주인을 위해 몸 바쳐 희생하는 개일 거라는 환상은 접은 지 오래였다. 그것은 레트리버라는 종의 특성이기도 했다. 사냥개이지만, 사냥감이 다치지 않게끔 살며시 물어오는 개.

그런데 삽살개는 예로부터 귀신을 쫓는다는 전설 속의 개였고, 그 용맹스러움으로 호랑이도 잡는다고 했다. 그때부터였을까. 나는 라마의 동생으로 삽살개를 찾기 시작했다. 보다 솔직하게 털어놓자면, 라마와 조금이라도 닮은 구석이 있는 아이는 라마가 떠난 후에 오히려 내 마음을 더 어지럽힐 것만 같아 차마 맞아들일 자신이 없었다. 그래서 영판 다른 아이가 눈에 들어왔던 것이다.

삽살개는 우리나라 토종개이자 천연기념물로 한때 멸종 위기에 처하기도 했다. 일제강점기 시절 일본군이 삽살개의 털가죽으로

방한용 코트를 만들어 입었기 때문이라고 한다. 비분강개한 나는 삽살개를 보존하고 육성하는 데 동참해야겠다는 의협심에 불타올랐고 덩달아 마음이 급해졌다. 영화 〈용의자 X〉를 촬영하는 와중에 시간이 나면 경산의 삽살개보존협회 사이트를 들락거리며 분양견을 찾았다. 그러던 중 2008년 삽살개 전람회 챔피언인 수컷 기백과 암컷 금강 사이에서 태어난 백삽 새끼들을 분양한다는 공지를 보았다. 보고 또 보다 나는 결국 전화를 했다. 이제 마지막 한 마리가 남았다는 주인의 말. 촬영을 하루 쉬는 날 나는 부산에서 여섯 시간을 달려 충북 예산에 갔다. 그리고 그곳에서 국기라는 이름을 가진 삽살개를 만났다. 하얀 털이 보송보송한 아기 백삽. 나는 운명적으로 그 아이에게 꽂혀버렸다.

꽂힌다는 것. 배우들이 어떤 작품에 출연할지 말지를 결정할 때, 가장 중요한 기준은 '꽂혔나'이다. 시나리오에 꽂히건, 감독에게 꽂히건, 상대 배우에게 꽂히건, 여하튼 무조건 꽂혀야 한다. 소위 필feel이 왔다고 표현할 수도 있겠다. 내 영화의 배우들과도 대부분 그런 꽂힘에서 시작해 인연을 맺게 되었다.

어찌 보면 영화를 만드는 과정에서 가장 난항을 겪는 것은 캐스팅이다. 어떤 작품이든 캐스팅 과정에서의 비하인드 스토리가 없는 영화는 없을 것이다. 원래 내정된 배우에서 다른 배우로 바뀌는 경우는 비일비재하다. 배우가 원해도 스케줄이 맞지 않거나, 개런티 협상이 결렬되거나, 투자자가 반대를 하거나 혹은 다른 배우를 원하기 때문이다. 또 상대역에 대한 알력 싸움 때문에 어느 한쪽이 떨어져 나가는 경우도 있다. 캐스팅이라는 것은 주인공 한두 사람만 바뀌어도 판 전체가 크게 흔들리는 일이다. 배우들 간의 개런티 차가 지나치게 크다는 논란이 존재하지만, 그만큼 주연배우의 역할은 중요하다. 주연배우가 누구인지에 따라 투자 여부가 결정되기도 하고, 주연배우의 이미지에 따라 조연들과 단역들의 이미지가 바뀌어 전혀 다른 결과물이 나오기도 한다. 나 역시 감독 데뷔 전과 데뷔 후 두 차례나 진행 중이던 영화가 캐스팅 때문에 결렬된 적이 있기에 캐스팅에 있어서는 신중에 신중을 기한다. 아마도 모든 감독들이 그러할 것이다.

〈오로라 공주〉의 주인공 엄정화는 1순위가 아니었다. 이미 그녀는 〈결혼은 미친 짓이다〉와 〈싱글즈〉에서 자신의 연기력을 충분히 입증해 보였지만, 아이를 잃고 연쇄살인을 하는 엄마의 이미지와 그녀가 기존에 가지고 있던 이미지 사이에는 너무나도 큰 간극이 있었다. 그런 그녀가 〈오로라 공주〉의 주인공 역을 거머쥔 것은 순전히 본인이 작품에 '꽂혔기' 때문이다. 엄정화는 개인적으로 절친한 사이이던 정재형 음악감독을 통해 우연히 〈오로라 공주〉의 시나리오를 접하게 되었다. 당시 우리 쪽에서 1순위로 검토하던 배우는 문소리와 염정아였다. 그런데 〈오로라 공주〉의 투자자이기도 했던 강우석 감독님과 함께 차기작을 준비 중이던 설경구가 어느 날 전화를 걸어왔다.

"누구도 생각 못 했다는 건 그만큼 신선한 거 아냐, 누나?"

너무 갑작스러운 이야기였기에 전체 그림이 온전히 내다보이지는 않았지만 앞의 두 작품에서 선보인 엄정화의 인상적인 연기에 내심 매력을 느꼈던 나는 그녀를 만나보고 싶었다.

"그럼 경구야, 네가 강 감독님 설득해줘. 난 엄정화 씨 만나볼게."

첩보 작전처럼 엄정화와 만나는 자리가 갑작스럽게 마련되었다. 인사를 나누고 그녀에게 호감을 느끼던 차에, 설경구가 이왕에 만나는 거 강우석 감독님과 함께 보자고 했다. 우리는 부랴부랴 강 감독님을 만나러 갔다. 감독님은 엄정화를 보고 미소를 짓더니 바로 일갈했다.

"연기만 해, 앞으로는."

그건 반쯤 농담조이긴 했으나 노래는 하지 말라는 거나 다름없는 얘기였는데, 그녀는 방긋 미소 짓더니 "네에!" 하고 씩씩하게 대답했다. 결국 〈오로라 공주〉의 주인공은 제대로 '꽂혔던' 엄정화의 차지가 되었다.

촬영을 하면서 정화는 내 앞에서 두 번 눈물을 쏟았다. 한 번은 의상 때문이었고, 한 번은 촬영 순서 때문이었다. 현장 분위기가 가라앉을 수도 있는 상황이었는데, 우리는 서로에게 먼저 다가가 사과를 하고 다독였다. 어디선가 크고 작은 문제들이 끊임없이 튀어나오는 만만치 않던 촬영 현장을 헤쳐 나가며 우리는 서로를 더 더욱 신뢰하게 되었다. 엄정화는 〈오로라 공주〉로 그녀가 그토록 원했던 여우주연상을 수상했다. 그리고 여배우 출신의 감독답게 나는 내 작품에서 여배우가 가장 빛나는 존재이게 하고 싶다는 은밀한 욕망을 이루었다. 그녀의 연기 스펙트럼은 한층 더 넓어졌고 물론 가수로도 복귀했다. 나는 앞으로도 계속될 그녀의 용감무쌍한 도전을 열렬히 응원할 것이다.

〈용의자 X〉의 캐스팅은 또 다른 한 편의 드라마였다. 〈용의자 X〉는 국내에도 꽤 잘 알려진 일본 미스터리 소설가 히가시노 게이고의 『용의자 X의 헌신』을 영화화한 작품이었다. 원작의 미덕을 살리면서 새로움을 부각할 수 있는 방법이 무엇일까 고민하던 나는 연상연하의 주연배우 조합이라는 아이디어를 떠올렸다. 내가 꺼내든 카드는 류승범이었다.

류승범 역시 처음에는 캐스팅 보드에 이름이 없었다. 제작사와 투자사 모두 류승범이 연기를 잘하는 배우임은 인정하나 과연 이 역할에 최적인지에 대해서는 미온적인 반응이었다. 하지만 나는 멜로를 표방한 이 뜨거운 스릴러의 남자 주인공으로 류승범이 딱이라고 생각했다. 그가 아직까지 입어보지 않은 옷을 그에게 입혀보고 싶었던 것이다.

나는 개인적으로 공효진을 찾아갔다. 당시 류승범과 공효진은 사귄 지 오래된 사이였는데, 나는 공효진에게 넌지시 이런 작품이 있는데 여기에 대한 류승범의 생각을 들어보고 싶다고 했다. 그리고 이틀이 채 지나기 전에 한 통의 문자를 받았다.

– 선배님, 작품 죽이네요. 맥주라도 한잔하시죠! ^^

나는 쾌재를 불렀다. 류승범이 꽂힌 것이다. 그렇게 〈용의자 X〉의 남자 주인공은 류승범이 되었다. 그의 천재성은 정극 스타일의 연기 속에서도 기대 이상의 놀라움을 안겨주었다. 개봉 후 스크린에 펼쳐진 류승범의 연기는 호평을 받았으나 흥행 성적은 아쉽게도 기대에 못 미쳤다. 같은 투자배급사의 작품으로 비슷한 시기에 개봉한 〈광해〉가 승승장구하는 통에 상대적인 박탈감은 더 컸다. 너무나 열성적으로 뛰어든 작품이었기에 그 결과에 대한, 혹은 감독의 만듦새에 대한 류승범의 실망도 컸던 것 같다. 이후 훌쩍 파리로 떠나 한동안 그곳에 체류하던 그가 얼마 전 인터뷰에서 했던 말이 있다.

"파리에서 지내면서 스스로에 대한 생각을 많이 하게 되었고 나

자신을 개선하고 싶어졌다. 무엇이 어떻게 변했다고 구체적으로 설명할 수는 없지만, 성장하기 위해 노력하는 내 모습이 대견스럽다."

나와 함께 작업할 때도 류승범은 그랬다.

"승범아, 너는 타고난 배우야. 나는 너와 함께 작업하며 재능을 뛰어넘는 너의 노력과 열정에서 참 많은 것을 배웠단다. 고맙고 그립다. 또 어서 다른 모습으로 관객 앞에 돌아오렴!"

〈용의자 X〉의 촬영을 끝마친 나는 라마와 함께 예산으로 향했다. 이전에 나 혼자서 만났던 그 아이를 라마와 함께 데리러 간 것이다. 삼 주 만에 보는 녀석은 꽤 많이 자라 있었다. 어미 금강은 사람들이 다녀갈 때마다 자기 새끼가 하나씩 사라졌기에, 마당에 들어서는 나와 라마를 향해 드세게도 짖어댔다. 자식을 떠나보내는 어미의 심정을 아는지 모르는지, 아이는 넙죽 내 품에 안겼다. 나는 이미 이 아이의 이름을 지어둔 터였다. 산등성이의 꼭대기, 파도 물결의 꼭대기, 그리고 하늘을 뜻하는 순우리말 '마루'. 토종 한국 개이니 우리말 이름을 붙여주고 싶었다. 앞으로 형제가 될 라마와도 어울리는 이름인 것은 물론이었다.

마루를 분양해주신 보살님께 족보와 삽살개 재단의 등록 문서를 받아 들고 잘 키우겠다며 정중히 인사를 한 후 두 아이를 데리고 차에 탔다. 마루는 어미가 짖는 소리를 듣고 더 이상 아무것도 보이지 않을 때까지 계속 뒤를 돌아보았다. 그러더니 아니나 다를까 한동안 낑낑거리다가 한숨을 푹 내쉬고는 내 품으로 와 얼굴을 싹싹 핥아댔다. 라마는 그런 마루에게 심드렁했다. 하지만 나는 이제 형제가 생겼으니 더 이상 라마가 외롭게 나만 기다리지 않아도 될 거라는 기대에 마음이 설렜다.

그렇게 라마에게는 동생이, 나에게는 둘째가 생겼다. 식구 하나가 늘자 우리가 좀 더 가족 같은 모양새를 갖추게 되었다는 생각이 들었다. 내가 가장 좋아하는 영화 중 하나인 김태용 감독의 〈가족의 탄생〉처럼, 혈연으로 연결되진 않았지만 길게 이어져온 어떤 운명에 의해 탄생한 가족. 가족이라는 이름이 상징하는 끊으려야 끊을 수 없는 어떤 절대성과 위대한 힘 같은 것들이 우리를 하나로 붙들어 매주는 듯한 느낌이 들었던 것이다. 그런 내 생각은 틀리지 않았다.

그러나.

고요했던 우리 집의 평화는 마루의 등장으로 완벽하게 깨어져 버렸다.

우리 집은 양털 밭

우리 집 둘째 삽살개 마루는 2011년 동지에 태어나 어느덧 네 살이 되었다. 이 녀석은 까칠하고 의뭉스럽다가도 천연덕스럽기가 상상을 초월한다. 게다가 비호같이 날쌔기까지 하다. 처음 집에 왔을 때 한동안 집 안을 탐색하던 마루는 제 엄마 냄새가 묻은 담요가 놓인 자리가 명당이란 걸 파악했다는 듯 바로 그 위에 배를 깔고 누웠다. 고작 생후 삼 개월 반 된 녀석은 전혀 낯설어하지 않고 마치 오랫동안 이 집 식구였다는 듯 순식간에 집안을 장악했다.

마루와 라마가 함께 지내게 된 첫해 여름에 나는 〈용의자 X〉의 후반 작업과 〈집으로 가는 길〉의 각색 작업을 병행했다. 꼬마 마루는 소변은 가렸지만 집 안 곳곳에 똥을 누고 다녔다. 내가 잠깐 외출한 사이 시나리오 교정지를 갈기갈기 찢어놓거나 오랫동안 수집해온 CD들을 잘근잘근 씹어 처참한 이빨 자국을 남겨놓는 건 예삿일이었고, 화분에 심겨 있던 식물을 뿌리째 뽑아버리는 것도 모자라 집 안을 온통 흙밭으로 만들기 일쑤였다. 마루의 갖은 패악 중에서도 내가 가장 열받았던 일은, 우리 집에 있던 것 가운데 그나마 고가품이라고 할 수 있는 앤티크 가구의 발목을 죄다 갉아놓은 것이다. 이건 심지어 뒤늦게 발견하는 바람에 야단을 치지도 못했다(개들은 잘못했을 때 즉각 혼을 내지 않으면 자기가 뭘 잘못했는지 모른다). 라마도 어렸을 때에는 사고뭉치였지만, 마루는 차원이 달랐다. 내가 야단을 치면 마루는 바닥에 완전히 드러누워 내 시선을 피하면서 깊이 반성하는 듯이 뒷다리 한쪽을 슬며시 들어올렸다. 그 모습을 보고 있자니 야단치다가도 웃음이 비어져 나와 나는 애써 표정을 감추느라 얼굴을 돌리곤 했다. 그럭저럭 석 달이 지나갔다.

그리고 마침내 올 게 왔다. 생후 육 개월 차에 들어선 마루에게 발정기가 찾아온 것이다. 아기인 줄로만 알았던 녀석이 저도 수컷이라고 정신을 못 차리고 뒷다리가 약해진 라마에게 올라탔다. 라마는 난감한 표정으로 나를 바라보았다. 중성화 수술을 했다고는 해도 라마 또한 엄연한 수컷이었으니까. 나 역시 민망함에 어쩔 줄 몰라하다 때가 되었구나 싶어 마루에게 중성화 수술을 시켰다. 이

후에도 몇 번인가 마루가 라마 위에 올라타는 걸 보고 기가 막혀 소리를 빽 지르곤 했는데, 알고 보니 그러한 행동은 성적 욕구 때문이 아니라 정복성에 기인한 것이었다.

실로 마루는 야생의 동물 그 자체였다. 삽살개의 강한 정복성과 야생성은 온순하고 순종적인 레트리버의 기질과는 달라도 너무나 달랐다. 라마를 떠나보낸 후에 혹여나 둘째를 보며 라마를 떠올리게 되는 게 싫어서 일부러 다른 견종을 찾았던 것인데, 마루의 야생성과 힘겨루기를 하다 지칠 때면 이대로 계속 마루를 키울 수 있을까 솔직히 고민도 되었다.

라마가 우리 집에 온 후로 줄곧 나는 레트리버의 긴 털을 감당하며 살아왔는데 게다가 마루의 털까지 더해지니 집 안은 언제나 뽀얀 양털 밭. 틈만 나면 밀대로 밀고, 현관에는 손님들을 위한 롤러 테이프를 상비해두어야했다. 그리고 내 옷장에서는 털이 잘 달라붙는 니트류의 옷들이 점점 사라져갔다.

그럼에도 불구하고 장난감을 던져주면 잽싸게 몸을 날려 앞발로 받는(물론 다시 물고 오지는 않는다) 마루의 행동이라든가, 마루가 라마에게 끊임없이 장난을 걸다가 결국 둘이 물고 빨며 뒹구는 모습을 보면 그렇게 사랑스러울 수가 없었다. 나 모르게 라마를 꽤나 괴롭히기도 했을 테지만, 라마를 졸졸 따라다니고 라마보다 먼저 나를 차지하려 시샘하는 이 아이가 내 둘째라는 것이 행복했다.

몇 번인가 사주를 본 적이 있는데 그때마다 선생이 될 팔자라는 얘기를 들었다. 그러나 정작 나는 가르치는 것은 내 능력 밖의 일이며 나와 전혀 상관없는 일일 거라고만 여겼다. 그러다 우연한 기회에 대학에서 강의를 하게 되었고, 열과 성을 다해 수업을 하는 나와 달리 배움에 대한 열의도 노력도 부족하기 그지없는 학생들에게 적잖이 실망을 느끼고 말았다. 키우는 보람이 있는 학생 한두 명을 위해 그렇게 많은 시간과 공을 들이는 것이 소모적이라는 생각을 떨칠 수가 없어 결국 한 학기 만에 강단에 서기를 그만두었다.

그로부터 몇 년 후 내가 번역한『스크린 연기의 비밀』이 출간되자 몇몇 대학에서 특강 요청을 받았다. 예전의 기억과는 사뭇 다른 학생들의 진지한 눈빛에 가르치는 재미를 붙였고, 2003년부터 서울예대 영화과에서 '연기 전공생을 위한 카메라 연기' 수업을 맡게 되었다.

사실 나는 연기는 가르칠 수도 배울 수도 없는 것이라는 신조를 꽤 오랫동안 갖고 있었다. 그런 내가 카메라 연기를 가르치게 된 것은 매체 연기에는 기술적으로 요구되는 부분이 있다는 사실을 알았기 때문이다. 마침 텍스트로 삼을 교재도 있으니, 현장에서 터득하고 책에서 배운 실용적인 내용 위주로 가르치면 적어도 내가 겪었던 시행착오를 학생들은 겪지 않겠다 싶었다. 내 수업은 이론보다는 실기 중심으로, 학생들 각자가 자기 연기를 찾도록 이끄는 것을 목표로 삼았다. 배우는 저마다 경험해온 바가 다르고 느끼는 감정의 수위 또한 제각각이지만, 그 자신의 토양에 바탕해 궁극적으로는 다른 사람의 인생을 표현해야 한다. 무엇보다 자기 자신을 잘 알아야 하며, 끊임없이 세상과 사람들을 관찰해야 한다. 그렇게 시작한 묘사나 모방이 감정 세포에 차곡차곡 저장되고 자신만의 감정과 행동으로 변환되어 인물이 처한 상황과 환경에 적합한 연기로 표출된다. 영화나 드라마, 연극 등 매체에 따른 연기의 차이는 그저 테크닉일 뿐이다. 그런 건 삼 개월이면 터득할 수 있다.

2009년까지 서울예대에서 강의를 하는 동안 꽤 인기를 누렸다. 매 학기 초에는 정원의 세 배가 넘는 학생들이 수업에 들어오고 싶어 했고, 자신이 왜 이 수업을 꼭 들어야 하는지 절절한 사연을 적은 편지나 이메일을 보내오는 학생들도 있었다. 학생들의 열의 덕분에 나 역시 수업 시간을 즐거운 마음으로 기다렸다. 칠 년 동안 가르친 제자들 중에는 정유미나 서지석, 정우처럼 벌써 유명해진 배우들도 있고, 이설희, 조수정, 박새별, 이동휘처럼 서서히 주목받고 있거나 이수형, 박형수처럼 내 영화에 조, 단역으로 꾸준히 참여하고 있는 배우들도 있다. 현장에서 스태프로 만나는 녀석들도 있고 다른 일을 하게 된 아이들도 있는데, 매년 스승의 날 즈음이면 반가운 이들에게서 꾸준히 연락을 받는다. 일 년에 한 번은 꼭 모여서 인사를 오는 골수 멤버들도 있다. 올해도 어김없이 연락해온 김종훈, 김효식, 김재경, 이재승, 이수형, 김영빈, 임지환, 김범준, 박형수는 모두 내가 서울예대 재임 초창기에 가르친 아이들이다.(한 명 한 명 다 이름을 불러주고 싶은 마음은 굴뚝같지만 예대에서 가르친 것만 칠 년. 빠진 이름이 있다고 서운하게 생각지는 말아다오, 사랑하는 나의 제자들아).

2007년 무렵 서울예대가 영화과, 방송연예과, 연극과로 구분하던 기존의 방식에서 연기과를 따로 분리했다. 나는 영화과에 속한 선생이었기에 '연출자를 위한 카메라 연기' 수업을 하다가 2009년 연출에 매진하기 위해 학교를 떠났다.

사주란 게 무시할 수만은 없는 것인지, 영화 때문에 강의를 그만두었던 나는 〈용의자 X〉의 촬영을 마친 2011년부터 성신여대 미디어영상연기과에서 다시 학생들을 가르치게 되었다. 신설된 학과였기에 1기 학생들은 마음고생이 심했다. 나 역시 어수선한 학내 분위기가 낯설었고 곧바로 이어진 〈집으로 가는 길〉 작업까지 병행하며 정신없는 시간을 보냈다. 감독과 선생을 겸업하는 것이 아이들을 위해 과연 좋은 일인지 고민도 했다. 그러나 이런저런 사정과는 별개로 학생들과 나는 서로 속내를 털어놓을 정도로 각별하게 지냈다. 나는 그들에게 교수인 동시에 엄마이기도 했기 때문이다. 한수연, 박인영, 김현민, 유승연, 오소영, 김보희, 강혜은, 송민서, 강소이. 개중에는 지금은 학교를 쉬는 아이도 있지만 나는 이 아이들이 세상 어디에 있더라도 제 몫을 해내리라고 확신한다. 그들이 스스로의 한계와 단점을 회피하지 않고 정면 승부로 넘어서기 위해 노력하는 과정을 내 눈으로 지켜봤기 때문이다.

강단에 서는 동안 가장 안타까웠던 것은 배우를 꿈꾸는 학생들이 처한 현실이었다. 학부생들은 전공과목보다 교양과목을 듣는 데 투자해야 하는 시간이 더 많았고, 비싼 등록금 때문에 누구는 매일, 누구는 주말마다 어김없이 아르바이트를 했다. 학점에 치여 가며 전쟁처럼 아르바이트를 하는 아이들에게 영화를 보고, 연극을 보고, 책을 읽고, 여행을 하며 언젠가 자신이 그토록 기다려온 역할을 연기할 그날을 위해 인간을 연구하고 다양한 경험을 쌓으라는 말을 건네기란 결코 쉽지 않았다. 물론 학교생활이나 아르바이트도 세상의 일부이기는 하나, 그곳에서 체득하는 감성이 너무 제한적이라는 게 문제였다.

감성의 우물이란 내가 끊임없이 채워줘야 그 순도와 온도를 유지할 수 있다. 뿐만 아니라 배우는 연기 외에도 특기 등의 다른 기량을 연마해야 한다. 자신의 신체를 자유롭게 쓰고 다양한 근육을 활용하는 방법도 익혀야 한다. 그런 것들은 중고등학교 때부터 자연스럽게 체득하는 것이다. 주입식 교육이나 입시 위주의 과잉 경쟁 속에서는 천운이 아니고서야 세계적인 아티스트가 탄생하기 어렵다. 나는 나를 스쳐간 학생들이 진정한 배우가 되길 진심으로 바란다. 좋은 배우가 되는 것이 어려운 일이지만, 그럼에도 불구하고 나는 그들이 언젠가 수많은 사람들의 희로애락을 대변하는 최고의 배우이자 시대의 아이콘이 될 날이 다가오리라는 희망을 품고 있다.

마루는 〈집으로 가는 길〉 촬영 기간 동안 무려 여덟 달을 훈련소에서 지내야 했다. 군견만 가르치는 '엘리트 애견 훈련소'에 마루가 입소할 당시, 류동욱 소장님은 셰퍼드 외에는 모두 기타 견으로 통칭할 정도로 견종에 대해 까다로운 분이었다. 특히 삽살개의 경우 주인은 잘 따르지만 본래 공격성과 야생성이 강한 견종으로, 열 마리 중 여덟 마리가 소장님을 물었다고 했다. 소장님 말씀에 따르면 개들은 일단 다른 개를 한 번이라도 물고 나면 더 세게 무는 버릇이 생기게 마련인데, 특히 삽살개는 그런 성향이 강해서 상황 대처 능력을 길러줄 필요가 있다는 것이었다. 나름 소심했던 마루는 훈련 기간 동안 소장님을 물지는 않았다.

그런 마루가 최근 들어 공격성을 드러내기 시작했다. 산책하다 만난 개들을 탐색하다 순식간에 물 듯한 태세를 취하는가 하면, 심지어 소형견 강아지가 마루에게 다가와 꼬리를 흔들며 발랑 배를 보이고 누워 복종을 하는데 와락 물 뻔한 일도 있었다. 다른 개들에 대한 공격성은 반드시 훈련을 통해 통제해야 한다. 라마는 자칫 자기가 물릴 뻔한 상황에서도 공격성이라곤 내비치지 않아 오히려 내가 몸으로 막아줘야 했는데, 이 형제는 어떻게 이다지도 다른 걸까. 마루는 곧바로 재교육에 들어갔다. 두 주에 한 번 류 소장님이 오셔서 마루와 함께 남산 주위를 산책하며 주변 사람들과 개에 대한 태도를 훈련시켰다.

개의 세계를 이해하려면 인간도 끊임없이 배워야 한다. 인간과 개는 각기 다른 개체이기 때문이다. 배우는 한 인물을 제대로 연기하기 위해서 인물의 언어와 특성을 치밀하게 관찰한다. 하지만 연구보다 더 중요한 것은 인물을 사랑하고 연민하고 이해하려는 노력이다. 내가 연기하려는 인물과 진심으로 소통하지 않으면 좋은 연기는 나오지 않는다. 그리고 이는 충분한 시간을 들이지 않고서는 불가능한 일이다. 반려견 역시 마찬가지다. 그들과 더불어 살아가려면 그들의 언어와 특성을 제대로 파악해야 하며, 그들을 이해하기 위해 노력해야 한다. 거기에 필요한 것이 바로 기다림과 사랑이다.

2부

나를 키운 건 팔 할이 기다림

굳게 닫혀 있던 이 문 앞에서
만 여섯 살, 나는 혼자가 되었다

대문 지키는 아이

"라마야, 엄마 왔는데……!"

라마가 태어난 지 채 일 년이 되기 전, 그 무렵 라마는 온종일 현관 앞에서 나를 기다렸다. 대부분의 견공들이 주인이 외출하면 문 앞에서 기다리는 임무를 충실히 수행하는 것처럼 라마도 그랬다.

현관 바닥 어디가 뜨듯하거나, 현관 매트가 잔뜩 눌려 있거나, 문 앞에서 열쇠를 딸각거릴 때 달려오는 발자국 소리 대신 그저 킁킁 콧바람 소리만 들린다면, 내가 나간 뒤로 현관문 앞을 떠나지 않았다는 증거다. 문을 열면 라마는 나를 반기며 펄쩍펄쩍 뛰다가 자기 장난감을 물고 꼬리를 있는 대로 흔들며 내게로 온다.

요전에 살던 집은 마당이 주차장을 겸하는 구조라 집 안에서 베란다를 통해 차가 들어오는 것을 볼 수 있었다. 라마는 주차장 문이 열리면 그때부터 소리 높여 컹컹 짖어댄다.

'왜 이렇게 오래 걸렸어? 내가 얼마나 기다렸는데!'

필시 이런 말일 게다.

"알았어 알았어. 라마야, 조금만 기다려."

부리나케 차 안의 짐을 챙겨 현관으로 들어서면, 이미 나의 동선을 파악한 라마는 쏜살같이 문 앞으로 달려와 내가 문을 열 때까지 기다린다. 때로는 그러는 동안 내내 짖기도 하고, 때로는 차분히 기다리기도 한다. 나는 라마가 입에 물어 온 장난감을 가지고 몇 번 흔들어주다가, 라마가 몇 시간을 기다렸는지에 따라 마당에서 오줌부터 누이거나 밥을 먹이고는 밖에 데리고 나간다.

아직 어린 강아지를 키우는 사람들은 오랜 시간 밖에 나가 있지 못한다. 혼자 놔두는 게 마음에 걸리기도 하고, 또 무슨 사고를 치지는 않았을까 싶은 걱정이 머릿속에서 떠나지를 않아 귀가를 서두른다. 돌봐줄 다른 가족이 있다면 괜찮지만 혼자 사는 직장인이라면 출퇴근 시간을 합쳐 최소 열 시간은 개를 혼자 내버려두어야 한다. 최선을 다해 개를 돌보려고 해도, 주인을 기다리던 개가 우울증에 걸리거나 일부러 주인 보는 앞에서 사고를 치는 경우가 허다하다. 금세 돌아올 거라는 기대가 수없이 좌절되는 쓰라린 경험을 맛보면서도 몇 시간을 한자리에서 기다리다 나를 반겨주는 라마를 볼 때마다, 기다림은 희망과 절망, 희열과 환멸이 뒤섞인 부조리라고 했던 누군가의 말이 떠오른다.

어린 시절의 나에게도 참 많이도 기다렸던 사람이 있다. 바로 엄마다. 내 아기 때 앨범에는 고무 대야에서 내가 목욕을 하는 사진이 있다. 그런데 사진 속에서 날 씻기고 있는 사람은 엄마가 아니라 당시 우리 집에서 같이 살았던 유모이다. 엄마는 나를 목욕시키다가 네일 컬러를 바른 손톱으로 내 몸에 생채기를 낸 후부터는 두 번 다시 직접 씻기지 않았다고 한다. 그때 엄마는 딸을 위해 손톱을 깎기보다는 손톱을 치장하는 게 더 중요했던 약관 스물두 살이었다.

내가 다섯 살 즈음이었나. 1960년대 후반, 엄마는 최신 유행의 옷차림에 직접 자가용을 몰아 테니스를 치러 다니곤 했다. 영화배우처럼 세트를 말아 한껏 부풀린 헤어스타일을 하거나 긴 머리 가발을 쓰고 세련된 원피스를 입은 엄마는 주위의 시선을 한몸에 받을 만큼 예뻤다. 나를 데리고 함께 외출이라도 나서면 사람들은 짓궂게 물어댔다.

"너희 엄마 어디 있니?"

엄마가 옆에 있는데 어디 있느냐고 묻는 사람들 앞에서 나는 엄마를 손가락으로 가리키며 서러워 울음을 터뜨렸다. 그런 나를 달래는 사람들의 얼굴에는 정말 재미있어 죽겠다는 듯한 표정이 떠올라 있었다. 엄마 역시 자신의 미모에 자부심을 느꼈을 터이다. 아무도 어린 딸이 엄마가 진짜 없어질까 봐 두려워한다는 걸 간파하지 못했다. 나는 엄마 곁에서도 늘 엄마가 어디론가 사라져버리지는 않을까 불안했다.

그러던 어느 날, 엄마가 정말 사라져버렸다. 식구 중 누구도 엄마가 왜 집에 없는지 나에게 설명해주는 사람이 없었다.

"엄마, 어디 갔어?"

한두 번 물어보다 지레 주눅이 들어버린 나는 기약 없이 엄마를 기다렸다.

엄마는 스물여섯 살의 나이 차이를 극복하고 아버지 한 분만 믿고 결혼을 했다. 1960년대 서울의 최고급 호텔 총지배인이었던 아버지는 국비 장학생 1호 출신의 신흥 인텔리였다. 첫 결혼에서 부인과 사별한 후 나의 어머니와 재혼하여, 딸 같은 아내와 늦둥이 막내딸에게 꽤 호사스러운 생활을 선사했다. 또래 아이들이 자장면을 입가에 묻히며 행복해할 때, 엄마와 나는 호텔 레스토랑에서 외식을 하고 호텔 지하 아케이드에서 쇼핑을 했다. 나는 일본에서 공수해온 모리나가 분유에 미군 부대에서 흘러나온 스팸과 빠다버터를 먹으며 자라난, 마치 임상수 감독의 〈하녀〉에 나오는 딸처럼 반지르르하지만 핏기 없는 아이였다.

아버지에게는 엄마보다 나이 많은 딸을 비롯해 이미 장성한 자식들이 있었다. 성격이 모나거나 나쁜 사람들이 아니었는데도 그들이 새엄마 대접을 해주기에 엄마는 너무 젊었다. 아버지는 자식들과 엄마 사이의 문제에는 둔감했고 늦둥이로 태어난 막내딸에게만 흠뻑 빠져 있었으니, 나는 날 때부터 형제들에게 눈엣가시였을 것이다.

소소하게 비틀리기 시작한 가족 관계에 균열이 가기 시작했다. 그리고 아버지가 엄마를 위해 무리하게 투자해 시작한 레스토랑 사업으로 큰 빚을 지게 되자 보이지 않던 균열이 수면 위로 올라왔다. 빚은 이내 경제적인 어려움으로 닥쳐왔고 집안 분위기는 얼음장처럼 냉랭해졌다. 누군가 책임을 져야 했다. 아직 이십 대였던 엄마는 그 책임을 감당해내지 못하고 친정으로 가버렸다.

언제나 북적이던 식탁 위에는 엄마가 나간 후로 무거운 적막만이 감돌았다. 누가 뭐라고 한 것도 아닌데 나는 음식 씹는 소리가 밖으로 새어 나갈까 봐 입 속에서 몇 번 우물거리다 삼키기를 되풀이했다. 후루룩 소리가 나지 않도록 국이나 스프는 식기를 기다렸다가 마셨다. 식사를 마친 식구들은 누가 먼저랄 것도 없이 자리를 떴다.

빈 집에 혼자 남으면 나는 조용히 안방으로 가서 엄마의 옷장을 열고 들어가 한참을 쪼그리고 앉아 있었다. 그곳에선 엄마 냄새가 났다. 엄마의 옷을 걸치고 무턱대고 화장대에 앉아보기도 했다. 늘 엄마가 있던 자리였다. 서툴게 바른 립스틱을 지우려다 오히려 더 크게 번지는 바람에 괜히 서러워져 혼자 훌쩍이기도 했다. 그렇게 좋아했던 소꿉놀이나 그림 그리기도 재미가 없어졌다. 잔디밭에 펼쳐진 커다란 튜브 수영장에도 눈길이 가지 않았다. 그저 제일 높은 계단에 앉아 멀리 내려다보이는 사람들과 차의 움직임만을 눈으로 좇았다. 엄마가 나타나면 제일 먼저 알아볼 거라는 마음으로.

그런 나의 기다림을 알았는지 엄마가 돌아왔다. 그 무렵 나는 유치원에 다니고 있었다. 엄마가 직접 나를 바래다주고 데리러 왔다. 유치원 단체 생일 파티에도 와주었고, 소풍도 따라왔다. 사생대회에서 상을 탔을 때도 엄마와 함께 단상에 올랐다. 젊고 멋진 엄마와 함께 남들의 부러움을 사는 유치원생. 사진 한 장 한 장에 담긴 그 행복했던 나날들 사이에는 폭풍 전야의 고요함 같은 것이 도사리고 있었다.

돌아온 엄마의 표정은 완전히 달라져 있었고, 식구들은 모두 살얼음판 위에 서 있는 것 같았다. 아버지와 엄마의 다툼 소리가 들려오기 시작하면 나는 내 방 구석에서 당시 키우던 스피츠와 이야기를 나누며 불안한 마음을 달랬다. 맞닿은 자리에서부터 전해오는 따뜻한 체온이 나를 위로해주었다.

불길한 예감은 신기할 정도로 잘 들어맞는다. 엄마는 내게 작별인사도 남기지 않고 떠났다. 매달리는 나를 떼어놓을 자신이 없었기 때문이라는 것을 나중에야 이해했다. 잠긴 대문 앞에서 갸웃거리는 내 앞에 엄마와 꽤 친했던 원준이 엄마가 나타났다.

"……엄마는요?"

"아줌마네 집에 가서 원준이랑 놀자. 저녁 먹고 데려다줄게."

엄마에 대해서는 아무 말이 없었다. 원준이 엄마 손을 잡고 가면서 나는 굳게 닫혀 있던 철문을 여러 번 돌아보았다.

엄마는, 이제 오지 않는구나.

만 여섯 살. 나는 그렇게 혼자가 되었다.

개들은 열이면 열, 집에 남겨지면 허구한 날 잠만 자기 일쑤다. 자신이 키우는 개가 홀로 무얼 하나 궁금해 집에다 CCTV를 설치해본 사람들도, 강아지 적엔 꼬물꼬물 돌아다니다 사고를 치기도 하던 녀석들이 어느 정도 자라면 문 너머의 인기척에 온갖 촉각을 곤두세운 채 그저 기다릴 뿐이라는 것을 알게 된다.

내가 아무리 라마의 평생을 같이 살아왔고 모든 것을 그 아이 중심으로 맞추려고 했다 해도, 실제로 내가 라마에게 가장 많이 했던 일은 기다리게 하는 것이었다. 라마는 기다리라는 나의 말을 거스른 적이 없다. 나 역시 기다림과 두려움, 그 속에서 싹튼 서러움을 너무 일찍 알았기에 그런 라마를 생각하면 아프고 미안하다.

엄마도 그랬겠지. 어린 딸이 자기를 애타게 기다리는 것을 알면서도 어떻게 할 수 없는 자신을 원망하고 아파했겠지. 기다리는 쪽도 기다리게 하는 쪽도 똑같이 아프다는 것을 잘 알면서도 우리는 사랑하기에, 또 원망하기에 기다린다.

기다림의 온도

번듯하게 키우고 싶다. 내가 라마를 학교에 보내야겠다고 생각한 이유였다. 라마를 처음 집에 데리고 와 한 달 정도 지내면서 '앉아', '손' 정도의 명령어를 가르쳤다. 하지만 내가 외출을 했다 돌아올 때면 라마는 반가운 마음에 달려들어선 내 가슴팍에 발도장을 퍽퍽 찍어댔고, 감정이 격해지면 명령어도 소용이 없었다. 게다가 나의 불규칙한 생활 패턴과 두서없이 사용하는 명령어들이 라마를 더욱 혼란스럽게 만들었다. 소형견을 키울 때와는 달랐다. 체계적인 교육이 뒷받침되어야 나도 라마도 서로 불편해하지 않고 나아가 다른 사람에게도 거부감이나 위화감을 주지 않을 터였다.

그렇다면 어디에 보내야 한담? 이리저리 궁리하던 나는 라마가 다니던 병원에 부탁해 '이삭 도우미 개 학교'를 소개받았다. 그곳에는 국내에서 가장 먼저 시각장애인 안내견 교육을 시작한 이형구 소장님이 계셨다. 척박한 땅에 둥지를 트고 있었지만, 견사의 규모나 훈련용 마당 시설은 훌륭했다. 수원천주교구의 후원으로 세워진 이 학교는 원래 비영리 기관이지만 최소한의 유지 비용을 마련하기 위해 알음알음으로 위탁견을 받아주고 있었다.

"라마야, 학교 가자!"

라마는 '가자'라는 말은 알아들었지만 어디에 가는지는 당연히 몰랐다. 그저 나와 같이 간다는 말인 줄로 알고 좋아서 겅중겅중 뛰는 라마를 보며 마음이 더 무거워졌다. 나는 라마가 먹던 사료와 간식, 장난감, 시멘트 바닥에 깔 담요와 기타 등속을 챙겨서 학교를 찾았다. 보통 아기 엄마가 챙기는 기저귀 가방 세 개분은 너끈히 되었으리라.

이전까지 라마는 한 번도 바깥에서 지내본 적이 없었다. 아무리 시설이 좋다 해도 마방처럼 마주 보는 대형 견사에서 다른 개들과 함께 지내는 일을 견딜 수 있을까? 그런 내 속내를 간파했는지 소장님은 세심하게 라마를 살펴보고는 이것저것 질문하면서 걱정을 덜어주었다. 그렇게 라마는 사람으로 치면 초등학교 과정에 해당하는 석 달간의 교육을 받게 되었다.

라마와 내가 들어서자 다른 레트리버들이 일제히 짖기 시작했다. 그들 사이에는 시베리안허스키와 덩치 큰 오리지널 푸들도 섞여 있었다. 라마가 지낼 견사는 나도 들어갈 수 있을 정도로 널찍하여 직접 담요를 깔아 쉴 자리를 마련해주고는 라마와 마주 앉았다. 어느새 내가 쭈그리고 앉으면 눈높이가 엇비슷할 정도로 자란 라마. 눈물이 핑 돌았다. 한동안 라마 곁에 머물다가, 기다리는 소장님과 조교님들에게 미안해서 겨우 일어났다.

"라마야, 일주일 있다가 올게. 잘하고 있어."

라마가 펄쩍 뛰어올라 견사 문에 손을 대고 짖기 시작했다. 나는 뒤도 못 돌아보고 황급히 견사를 나왔다. 바깥 햇살에 눈이 부셨다.

긴 커튼이 드리운 화려한 호텔 라운지에서 커튼을 왼쪽으로 감았다 오른쪽으로 감았다 하며 짐짓 혼자 잘 놀고 있는 일곱 살의 내가 보인다. 나와 조금 떨어진 테이블에 마주 보고 앉은 엄마와 아빠. 나를 두고 그들이 다툰다는 것은 알고 있었다. 당시 느꼈던 것이 어떤 감정인지 정확하게는 떠올릴 수 없지만 아마도 약간의 서글픔, 뭔가 이전과는 달라질 거라는 예감, 그리고 내가 어찌할 수 없는 어른들의 이야기라는 것만 또렷하게 와 닿았던 기억이 난다. 이미 엄마가 나와 함께 살지 않게 된 지 꽤 시간이 흐른 뒤의 일이다.

1971년 무렵 부부가 이혼을 하면 자식의 양육권은 스스로 포기하지 않는 이상 당연히 친부에게 있었다. 게다가 안정된 수입도 없던 엄마에게 양육권은 주어지지 않았다. 오랫동안 흐느끼던 엄마가 자리에서 일어났다. 엄마 등 뒤에 있던 큰 통유리 창으로 쏟아지는 햇빛이 눈부셔서 멀어지는 엄마의 모습을 제대로 볼 수가 없었다. 엄마는 그렇게 떠나갔다.

나는 엄마 대신 배다른 언니의 손을 잡고 초등학교(당시 미동국민학교)에 입학했다. 가슴에는 하얀 거즈 수건이 달린 이름표를 달고 있었다. 꽃샘추위가 매섭던 3월, 운동장에서 선생님의 '뒤로 돌아' 구령에 맞춰 빙그르 돌던 나는, 멀리서 나를 향해 손을 흔드는 누군가를 발견했다. 빛깔 고운 한복을 입은 외할머니였다. 나는 잠시 후 아이들 무리를 뚫고 할머니에게 달려가 치마폭에 얼굴을 묻었다. 그리운 냄새가 났다.

"우리 은진이, 할머니 집에 가자."

예고 없이 나타난 할머니를 따라 나는 입학식장에서 사라졌다. 그리고 그 일은 유괴 사건으로 커져버렸다. 아이가 없어지자 친가는 발칵 뒤집혀 경찰에 신고를 했고, 내가 외할머니와 함께 있다는 사실이 확인된 후에 일단락을 지었다. 얼마 후 아버지가 외할머니 집 마당에 나타났지만 나는 방 안에서 한사코 나가려 들지 않았다.

아버지가 싫었던 것은 아니다. 다만 엄마가 그리웠을 뿐이다.

엄마와 함께 육 년 동안 머물렀던 충정로의 아버지 집은 높다란 서양식 가옥이었다. 나는 온기라고는 전혀 없는 돌바닥과 그보다 더 차가웠던 배다른 형제들 사이에서 엄마의 체온에만 매달리던 어린아이였다. 대학생이었던 오빠들은 내가 울라치면 언제나 "시끄러워!"라고 소리쳤다. 나는 그 차디찬 얼음집으로 돌아가 다시 꽁꽁 얼어붙고 싶지 않았다.

외할머니가 아버지를 어떻게 설득했는지는 모르겠지만, 나는 외할머니 집에서 살게 되었다. 청운국민학교로 전학도 했다. 지금도 기억나는 세검정 외할머니 집. 이모들과 삼촌, 외할아버지가 쭈르르 한 방에서 자고 있을 때, 엄마는 부엌 옆에 딸려 있는 작은 방에서 화장을 했다.

얼굴선이 무척이나 곱고 눈꼬리가 살짝 처진 얼굴에 뒤태가 풍만하던 우리 할머니는 엄마가 빗겨주지 않았던 내 머리를 참빗으로 정성스럽게 빗어 꽁꽁 땋아주셨다. 할머니 치마폭에서 한시도 떠나려 하지 않던 손녀딸은 송편 만드는 법, 만두 빚는 법을 할머니 어깨너머로 익혔다.

"옳지. 우리 은진이 잘하네……."

쌀 반죽을 밤톨만큼 떼어 꼭꼭 눌러 고물이 들어갈 구멍을 만들고 그 안에 티스푼으로 깨와 밤을 넣어 송편을 빚었다. 고운 밀가루가 뿌려져 있는 도마에 손도장을 꾹꾹 찍기도 하면서 나는 다시 웃음 많은 아이가 되었다.

낮이면 삼촌과 이모들은 학교나 직장으로 가고, 할머니도 미제 물건을 팔러 나갔다. 여전히 빈집에서 누가 돌아오기를 기다리는 건 마찬가지였지만, 마당에서 키우던 발바리와 고양이와 노느라 심심할 틈이 없었다. 가족들이 하나둘 돌아올 저녁 시간이 되면 문 밖을 서성이다 골목 끝에 익숙한 얼굴이 들어서면 온 힘을 다해 두 팔을 휘둘렀다. 다들 하나같이 내가 낮에 뭘 하며 놀았는지 궁금해했고, 함께 웃어주었다.

사랑과 관심이라는 자양분을 원기 왕성하게 섭취한 나는 금세 기세등등해졌다. 어느 날부터인가 나는 마당을 벗어나 골목으로 뛰어나갔다. 또래 개구쟁이들과 개구리를 잡네, 가재를 잡네 하며 어울리다가 마침내는 교과서 표지를 뜯어 접은 딱지로 동네 챔피언이 되었고, 달인 수준의 구슬치기 실력을 연마해 남자아이들을 다 제치고 골목을 장악해버렸다. 저녁이 되면 가족들에게 들려줄 이야기가 하나둘 늘어갔지만, 노곤함에 먼저 잠들기가 일쑤였다.

그렇듯 온정이 넘치는 외할머니 집에서 행복하게 살았던 시간은 단 이 년뿐이다. 하지만 그 짧은 시간 동안 나는 평생 받을 사랑을 다 받았다고 생각한다. 지금까지 사십 년 넘도록 우려내면서 마셔온 사랑, 그 한줄기 내리사랑은 외할머니의 품에서 나온 것이었다.

"그냥 저는요. 저한테 안 뛰어오르고, 저랑 발맞춰 걷고, 차분하게 기다리는 정도면 돼요."

한 달 정도 라마는 적응 훈련만 했다. 잘 먹고 잘 싸고 잘 놀 수 있게 적응하는 과정이었다. 나는 매주 라마를 보러 면회를 갔다. 먼 길이었지만 행여 라마가 버림받았다고 느끼게 하고 싶지 않았기 때문이다. 적응 기간을 마치고 일정 시간이 지나면 주인도 개와 함께 명령어와 훈련 방식을 배웠다. 그러는 사이 라마는 허들도 뛰어넘고, 미끄럼틀에도 오르고, 바구니도 가져오는 등 온갖 '묘기'를 선보이며 나를 깜짝깜짝 놀라게 했다.

라마가 '기다려'를 처음 배운 곳도 이 학교다. 누구나 성장하면서 기다리는 법을 배운다. 하지만 그 기다림의 온도는 기다림의 대상이 무엇인가에 따라 극과 극으로 달라진다. 휑뎅그렁하니 커다랗기만 한 집에서 어른들이 돌아오기를 기다리는 마음과, 온종일 뛰놀았던 나의 모험담을 들어줄 가족들을 기다리는 마음의 온도차. 나는 라마에게 어떤 기다림의 온도였을까. 석 달간의 교육이 끝나갈 무렵 라마는 기다리라는 내 명령에 따라 한자리에 우두커니 앉아 있다가 내가 돌아오면 신나게 손을 흔들듯이 꼬리를 흔들게 되었다. 그렇게 라마는 기다리기 시작했다.

엄마의 전시회

나는 〈TV 동물농장〉을 잘 보지 않는다. 감탄을 자아낼 정도로 재능 만점인 동물들도 있지만, 대개는 방치되어 있던 동물이 구사일생으로 구출되는 감동 드라마 일색인 듯싶기 때문이다. 인간들의 잔인함에 상처 입은 동물의 모습에 마치 내 일인 양 고통스러운 걸 보면, 개 엄마는 개 엄마인가 보다. 한편 놀랍도록 영특하거나 신기한 재주를 가진 동물들이 나와 사람들의 감탄을 사는 광경을 보는 것도 마음 편치만은 않다. 물론 나도 〈카발리아〉'태양의 서커스' 팀이 만든 또 하나의 환상의 서커스로 말이 등장한다나 라스베이거스의 〈화이트 타이거 쇼〉처럼 경이로운 쇼를 볼 때면 아낌없이 박수를 보내기도 하지만, 만약 라마에게 눈부신 재능이 있다고 해도 재주를 부리고 환호를 받는 라마는 상상하기조차 싫다.

라마는 〈오로라 공주〉에 출연했을 때 짖는 훈련을 한 번 받은 것 외에는 대형견이 받아야 할 기본 훈련만으로 사람들과 더불어 살기에 부족함이 없었다. 무엇보다도 라마가 타고난 외모야말로 사람들의 경계심을 무너뜨리는 데 큰 몫을 했다고 봐야 할 것이다. 라마는 자신이 사람의 시선을 끈다는 것을 잘 안다. 손 달라는 사람들에게 선심 쓰듯 앞발을 쓱 내밀면서도 눈만은 오롯이 나를 향해 있는 것을 보고 있자면 반려인인 나의 희열이 더 크다. 여러 번 출연 섭외를 받기도 했지만 되도록 사양해온 것 또한, 내 아이는 절대 연예인을 시키고 싶지 않은 부모 마음이라고나 할까?

"아이구구구구, 우리 라마는 신사네!"

엄마가 라마를 돌볼 때면 터져 나오는 단골 감탄사다. 2012년 〈용의자 X〉, 2013년 〈집으로 가는 길〉을 촬영하는 동안, 미국에 살던 엄마가 집에 와 계셨다. 이전에는 그리 자주 나오지 않았지만, 칠순이 가까워오면서 종종 한국에 오고 싶어 하셨다. 오면 주로 막내이모 댁에 머물다가 가끔씩 우리 집에 와서 냉장고며 싱크대며 낡은 스테인리스 냄비까지 반짝이는 새것으로 만들어놓고 사라지는 우렁이 각시 노릇을 했다. 언제나 미국에서부터 잠옷,

양말, 신발, 가방, 손수 따서 껍질을 깐 호두에 친척들 선물까지 바리바리 싸 오곤 했는데, 그 무거운 것을 고생스럽게 가져오지 말라고 해도 엄마의 고집은 꺾을 수가 없었다. 어느새 나도 으레 그러려니 해버린 엄마와 딸의 살림살이였다.

그런 엄마가 이따금 입버릇처럼, 당신이 서울에 오면 우리 집에 당신이 머물 방이 하나 있었으면 좋겠다고 하셨다. 방 셋을 옷방, 서재, 잠자는 방으로 나누어 쓰던 나는 마침 조금 넓은 집으로 이사하는 김에 거실 한편에 서재를 만들고 방 하나에 침대와 옷장을 새로 들여 엄마 방을 마련했다. 그리고 내가 〈용의자 X〉 프리프로덕션으로 한창 바빠질 무렵부터 엄마와 딸의 동거가 시작되었다. 2011년 늦가을이었나 보다.

같이 산 지 석 달쯤 되던 무렵에 미국 시민권자인 엄마가 비자를 갱신하러 인도네시아에 사는 친구 집에 다녀온 것 외에는, 약 다섯 달 동안 엄마와 나 단둘이 지냈다. 엄마와 나는 내 나이 열다섯에 삼 년가량 미국에서 함께 살았던 것 말고는 한 번도 서로의 일상을 공유해본 적 없는 모녀이자 두 여자였다. 그만큼 어색하고 낯선 시간들이었다.

나도 엄마도 서로에 대한 애틋함은 있었지만 그것을 반듯하게 펴서 곱게 건넨 적이 거의 없었다. 엄마를 대하는 나의 태도는 어떻게 보면 엄마가 어린 나에게 강한 모습을 보이기 위해 일부러 차갑게 대했던 것과도 닮아 있었지만, 또 세밀하게 들여다보면 그와 는 다른 양상이었다. 나는 그저 주먹만 꽉 쥐고 살아온 줄 알았는데, 어느 틈에 그 주먹 돌기에는 고슴도치 같은 가시들이 삐죽삐죽 돋아나 있었다. 가까운 사람들은 말할 것도 없고 일로 만나는 사람들조차도 이따금씩 껍질을 비집고 튀어나오는 나의 공격성, 혹은 날카로움에 베이곤 했다. 똑똑하고 고상하게 살고 싶어 하는 사람들에 대한 까칠한 반발심을 넘어선, 일종의 폭발적인 감정 조절 장애였다. 그러다가도 이내 돌변하여 사과를 하고 내가 준 상처를 치유하고자 온갖 노력을 다하는 나. 그것은 실로 불치병이었다. 그런 내 모습은 금세 엄마에게 들통나버렸다.

잠시 머물다 갈 때의 엄마는 친구들을 만나거나 쇼핑을 즐기고, 만날 저 혼자 바쁜 딸내미 찬거리를 챙겨주곤 하는 사람이었다. 때문에 나는 내가 엄마에 대해 잘 모른다는 것을 미처 깨닫지 못했다. 그러다 함께 지내는 기간이 길어지자 엄마의 숨어 있던 골병이 하나둘씩 눈에 들어왔다. 엄마의 자그마한 몸은 이미 디스크 수술, 무릎 수술, 팔꿈치 수술, 백내장 수술 등을 거치며 온갖 진통제에 절어 있었다. 늙은 어미의 몸 상태가 심각한 지경이란 걸 뒤늦게 알게 된 나는 엄마에게 당장 침 치료부터 받도록 했다. 엄마는 침이 아프다면서도 딸이 안달하는 게 내심 반가운지 버스를 두 번씩 갈아타고 가서 받아야 하는 치료를 빼먹지 않았다.

촬영이 임박해오자 내가 집에 돌아오는 날보다 오지 못하는 날이 더 많아졌다. 모처럼 집에 들른 나는 이리저리 연속극을 돌려보던 엄마가 안 본 게 없다는 걸 눈치챘다. 엄마에게 서울 생활은 꽤나 지루한 일상의 연속이었던 것이다. 문득 내 입에서 이런 말이 튀어나왔다.

"엄마, 서예 다닐래?"

"서예?"

내 말에 엄마는 소녀처럼 웃어 보일 따름이었다. 예전에 엄마가 글씨를 배우고 싶다고 해서 벼루랑 붓이랑 종이 등을 사준 적이 있었다. 그때 엄마는 미국에서 서예를 배우러 몇십 킬로미터 떨어진 곳까지 찾아갔다가 중국인들만 있어서 발걸음을 돌리고 말았다며 아쉬워했다.

"그래서 하고 싶어, 안 하고 싶어?"

딸내미 말본새는 요랬다.

나는 인사동에 위치한 오래된 서예 학원을 알아보고 엄마의 수강 신청을 했다. 이내 본격적인 촬영에 들어가자 겨우내 현장에서 이리 뛰고 저리 뛰느라 엄마에겐 신경을 쓰지 못했다. 다만 촬영 중간에 잠깐씩 집에 들어갈 때면, 전과 달리 사뭇 활력이 넘치고 종종 자신만의 세계에 빠져 있는 엄마와 마주치곤 했다.

그러던 어느 날, 엄마가 처음 썼다는 '하늘'이라는 글자를 보았다. 정갈하고 단아하며 올곧은 글씨. '하늘'. 엄마의 하늘은 내가 지상에서 본 글자 중 가장 아름다웠다.

"오오, 신사임당 뺨치는데?"

"내가 글씨는 좀 쓰지"라며 태연하던 엄마는 잠시 후 "진짜 그러니? 정말 그래?" 하며 으쓱함을 감추지 못하고 연신 되물었다. 아, 이 칭찬의 힘이여!

"근데 거기, 인사동…… 잘 가르치는 것 같기는 한데 진도가 너무 느려. 비싸기도 하고. 얼마 전에 인사동에서 아마추어 그룹전을 봤는데, 거기 계신 선생님하고 이야기를 나눠봤거든. 목동에 화실이 있대. 거긴 글씨도 쓰는데…… 얘, 난 그림 그리고 싶다."

"목동이면 너무 멀지 않겠어?"

"마을버스 타고 한강진역에서 지하철 타면 한 번에 갈 수 있어."

거기까지 알아봤으면 이미 마음을 정한 거다. 그렇게 엄마는 그림을 시작했다. 내가 밤샘 촬영을 하고 새벽에 들어가 보면 식탁 가득히 펼쳐진 종이 위에 엄마가 쳐놓은 난과 죽이 빼곡했다. 하지만 나는 흘낏 보고 침대에 기어들어가기 바빴다.

그렇게 다섯 달이 지나고 촬영이 끝나자 엄마는 다시 미국으로 돌아갔다. 이듬해에 그룹전에 나가기로 했다며 우편으로 레슨을 계속 받을 수 있게 매달 똑같이 수강료를 내달라고 부탁했다. 그러면서 엄마는 '연담'이라는 호를 지었다며 슬쩍 말을 흘렸다. 언뜻 듣기에도 엄마와 퍽 잘 어울렸다.

엄마는 2012년 말에 서울로 돌아왔다. 〈용의자 X〉를 끝마친 내가 연이어 세 번째 영화 〈집으로 가는 길〉의 연출을 맡았기 때문이다. 무사 촬영을 기원하는 고사와 전체 리딩을 마친 나는 스태프와 함께 3개국에 걸친 해외 촬영을 떠났다. 일사천리로 촬영이 진행되었고, 나는 쉼 없는 현장에 매여 있었다.

라마와 단둘이 남겨진 엄마는 "라마는 신사네"라고 콧노래를 부르며 작업에 몰두했으리라. 그리고 얼마 지나지 않아 전시회가 열렸다. 해외 촬영 막바지라 오프닝에도 참석 못 하고 화환만 전달했던 나는 결국 전시 마지막 날에야 갤러리를 찾았다.

엄마가 내놓은 작품은 두 점. 하나는 '어느 여인의 따스한 미소'라는 글씨가 정갈하게 적힌 꽃 그림이었고, 다른 하나는 죽과 난을 한 폭씩 담은 두 폭짜리 병풍이었다. 그림을 시작한 지 일 년 만에 경인미술관에서 그룹전을 가질 기회를 얻은 것은 솔직히 선생님을 잘 만난 덕분이지만, 아직 서툴다 어렵다 하던 엄마의 실력은 예사롭지 않았다.

한참 동안 엄마의 작품을 보고 있노라니 머릿속에 장면 하나가 떠올랐다. 부엌 싱크대와 식탁을 오가며 바지런하게 조리를 하고

찬을 나르는 엄마의 모습을 예의 주시하며 라마가 엄마 옆에 딱 붙어 앉아 있는 광경이다. 어느새 기억 속 외할머니와 똑같아진 엄마의 뒤태와 나이 든 라마의 뒤태는 혀를 내두를 정도로 닮아 있다. 엄마는 요리를 하다가 남은 야채나 과일 등속을 라마에게 조금씩 챙겨준다. 내가 도끼눈을 뜨면 언제 그랬냐는 듯 둘이 똑같이 시치미를 뗀다. 왜 있잖은가. "절대 안 줬어요"라면서 상 밑으로 연신 고양이나 강아지 먹을 것을 챙겨주는 아이들 혹은 할머니들과, "절대 안 먹었어요" 하고 시치미를 떼면서 눈치껏 제 먹을 것을 챙겨먹는, 하나같이 우리를 무장해제시키는 사랑스러운 존재들 말이다. 그것은 이제까지 내가 기억하고 있는 엄마에 대한 가장 따뜻한 단상이었다.

자신의 이름을 내걸고 수줍게 작품 앞에 서 있는 엄마의 모습에 나는 일순 현기증을 느꼈다. 일흔이 넘은 엄마가 인생의 황혼 녘에 숨은 재능을 찾아 스스로 결과물을 일구어냈다는 사실에 한층 마음이 벅찼다. 그저 저 잘난 맛에 늘 바쁜 척하며 부엌에 있는 엄마의 모습만 간직했던 나는 부끄러움 속으로 숨어들었다.

엄마의 그림은 부단한 노력과 자부심이 담겨 있어 더 귀했다. 엄마는 아마추어였지만 전시회에 작품을 출품하겠다는 목표를 성취했다. 내가 스스로의 이름을 걸고 스크린에 걸리는 상업영화를 만든 것처럼, 엄마 역시 그리고 또 그리고 수없이 그리면서 한 점의 그림을 완성한 것이다. 나는 '연담'이라는 호가 꼭 엄마의 몸집처럼 자그마하게 적혀 있는 작품 앞에서 엄마의 고운 웃음소리를 들었다.

영화인을 꿈꾸는 사람들은 많지만 그 꿈을 이루기 위해 굳건한 목표를 세우고, 철저한 자기 투자를 하고, 뼈아픈 희생을 감내하며 온전한 완성작을 만들어내는 사람은 많지 않다. 창작자들은 수많은 인고의 시간을 견디며 자신의 실력이 여물기를 기다린다. 거기에는 재능 못지않게 근성이란 것이 필요하다. 어쩌면 내가 그 많은 우여곡절을 겪으면서도 포기하지 않고 내 영화를 만들어낼 수 있었던 것 또한 엄마에게서 물려받은 근성 유전자 때문은 아닐까? 엄마의 전시회에서 나는 희한하게도 엄마를 쏙 빼닮은 나를 발견했다. 그것은 참으로 오랜 시간 내가 찾고 싶었던 우리들의 모습이었다.

엄마, 아니
연담의 작품 2호

예고 없는 이별

"도대체 얼마나……요?"

"조직검사 결과가 나와봐야 알겠지만, 급속히 나빠질 겁니다. 길어야 삼 개월……."

라마의 주치의로서 '다시는 라마 같은 아이를 못 만날 거다. 라마를 만난 건 정말 감독님의 행운이다'라며 십 년이 넘도록 라마 칭찬을 아끼지 않았던 권 원장님이 어렵게 말을 꺼냈다. 눈물이 차올라 뿌예진 내 눈에도 붉은 눈가에 그렁그렁한 그분의 눈물이 보였다. 눈 깜짝할 사이에 가슴 한가운데를 예리한 나이프로 베인 듯한 아픔이 파고들었다. 가슴속 깊은 곳에서 길어 올린 피눈물 같은 것이 멀겋게 탈색된 물덩이가 되어 뚝뚝 떨어졌다. 심하게 떨리는 두 손을 꽉 쥐고, 내가 어떤 말을 듣고 있는 건지 똑바로 알아들으려고 애썼다.

라마 나이 만12세 6개월. 삼 년 전부터 노령견 검진을 받아왔고 지난 검사에서도 큰 이상은 없었다. 하지만 이번 검진에서 간에 종양으로 의심되는 덩어리가 몇 개 발견되어 조직검사를 해야 했다. 석 달 만의 변화다. 대형견은 바늘로 종양 세포를 추출하기가 어려워 가장 큰 종양 덩어리를 떼어내는 수술로 대체한다. 그런데 막상 배를 갈라 열어보니 몇백 개의 종양이 간을 새까맣게 뒤덮고 있어 손을 댈 수조차 없었기에 비장만 떼어낸 후 덮었다고 했다. 간의 상태나 라마의 징후를 보면 암일 가능성이 높은 혈종으로 추정된다는 것이었다.

"정밀 조직검사는 미국에서 해야 하니까, 결과가 나오기까지 두 주 정도 걸릴 겁니다. 그러니 일단은 어떻게 결과가 나올지 기다려 봅시다."

청천벽력과 같은 이야기였다. 길어야 삼 개월이라는 말과 두 주 후에 나올 결과를 기다려보자는 말이 번갈아 뇌리를 맴돌았다.

2013년 5월 〈집으로 가는 길〉 촬영을 끝마친 나는 3박 4일의 짧은 여행을 다녀왔다. 본격적인 후반 작업에 들어가기 전, 감독이 잠시 머리를 식힐 수 있도록 예정된 휴가였다. 출발 당일, 집을 나서는 순간부터 정체를 알 수 없는 두려움이 발목을 잡았다. 자꾸 라마가 눈에 밟혔다. 왜 이렇게 긴장되고 걱정이 될까? 휴가 내내 아침저녁으로 엄마에게 전화해 라마의 상태를 확인했다. 모처럼의 휴가를 라마와 보내지 않은 걸 후회하기도 했다. 내가 떠나 있는 동안 라마의 상태는 계속 좋지 않았고 돌아왔을 때는 수술이 임박해 있었다. 나는 그동안 라마와 함께 지내지 못했는데 일주일만 수술을 미뤄달라고 원장님께 부탁했다. 혹시나 전처럼 마취 때문에 문제가 생길지도 모르는 일이니까. 하지만 원장님은 이 상태로는 하루하루 경과가 나빠질 수 있으니 서둘러야 한다고 말했다. 그렇게 정신없이 라마는 수술실로 향했고, 원장님은 밤 11시가 넘어서야 수술실에서 나왔다.

"이런 날이 올 줄은 알았지만 저도 참 견디기 힘드네요. 라마는 저한테도 각별해서……."

원장님은 최대한 침착하게 설명했다. 종양은 그냥 자연 발생적으로 생기는 것이니 혹시라도 주인이 무엇을 잘못한 탓이라 생각하지 말라고. 조직검사 결과 암이 아닌 걸로 판명될 수도 있으니 미리 포기하지 말고 해볼 수 있는 만큼 해보자고. 그리고 이제부터는 라마가 먹고 싶은 것, 하고 싶은 것 제약 없이 마음껏 즐기도록 해주는 게 좋겠다고 했다.

이별을 생각한 적이 없었던 것은 아니다. 라마가 만으로 열 살을 넘기면서는 그날이 예고 없이 닥칠 수 있다는 생각을 수도 없이 했다. 앞일을 어찌 알겠느냐마는, 부디 내가 없을 때 라마가 떠나는 일만은 없기를 바랐다. 그러나 내가 이 나라 저 나라를 돌아다니며 촬영에 몰두해 있는 동안 라마의 상태는 소리 없이 나빠지고 있었던 것이다.

입원해 있는 라마 곁에 쪼그리고 같이 누웠다. 라마는 몸을 돌리지도 일어나지도 못했다. 그저 내 얼굴만 핥을 뿐. 라마를 안고 누운 채로 나도 모르게 통곡이 쏟아졌다.

"라마야, 잘 견뎌야 해. 엄마가 어떻게든 너 낫게 해줄 테니까. 걱정하지 마!"

라마를 병원에 두고 집에 돌아와 나도 몸져눕고 말았다. 매일 라마의 문병을 갈 때만 정신이 돌아오곤 했다. 수술 후 사흘째 되는 날 원장님은 수술 부위에 염증이나 물이 차지는 않았는지 면밀히 관찰하고는 라마의 퇴원을 허락했다. 검사 결과가 나올 때까지 라마에게 가장 익숙하고 안락한 곳에서 나와 함께 지내는 편이 좋겠다고 했다.

지금까지 나는 죽음을 가깝게 느낀 적이 많지 않다. 요즘도 부고는 수시로 들려온다. 작년에는 박철수 감독님을 사고로 잃었고,

최근에는 내 제자가 자살을 했다는 소식에 놀란 가슴을 부여잡고 장례식에 다녀오기도 했다. 먼 동료의 자살이나 사고사, 지인 부모님의 별세 같은 부음은 가슴 아픈 일이긴 하나 내가 감당해야 할 몫의 슬픔이 아니었다. 그토록 사랑했던 외할머니가 초등학교 4학년 때 돌아가신 것보다 장례식장에서 이 년 만에 엄마를 본 기억이 더 또렷하듯, 그것은 무시로 기억에서 아련하게 멀어지기도 하는 이별이었다. 그런 나에게 유일하게 각인된 죽음의 기억이 있다. 아버지. 나지막이 불러본다.

아버지는 못된 아버지가 아니었는데, 나는 참 못된 딸이었다. 날 태어나게 한 걸 원망한 적도 많았고, 아버지가 이끄는 방향으로는 무조건 가지 않았다. 부모님이 헤어지는 순간 자라길 멈춰버린 내 감정의 골에서는 부모가 나를 내팽개쳤다는 원망이 괴물처럼 자라났다. 부모는 부모고 나는 나일 뿐, 부모의 선택 때문에 내가 불행해지지는 않겠다고 다부진 척했으나 그것은 내 상처를 감추기 위한 위장이었을 뿐이다. 하지만 아버지는 그토록 지독하게 반항적인 딸에 대한 신뢰를 한 번도 거둔 적이 없었다. 과연 어떤 아버지가 그렇게까지 딸에게 신념과도 같은 신뢰를 보여줄 수 있을까.

아버지는 청렴, 근면, 검소를 삶의 원칙으로 삼았다. 가끔 반주를 하시긴 했지만 평생 동안 취한 모습을 보인 적이 없었다. 뇌일혈로 쓰러지기 전까지 항상 새벽 4시에 일어나 5시면 출근하여 다른 직원들보다 훨씬 일찍 호텔에 도착해 하루를 시작했다. 중요한 행사나 모임이 없는 날에는 6시 칼퇴근도 어김없었다. 내복도 입지 않는 양반이 가세가 기운 뒤로는 그 추운 겨울에도 늘 버스를 타고 출근했다. 어린 마음에 나는 아버지가 무능하여 집안 형편이 거꾸러진 거라고 생각했다. 그 때문에 엄마가 떠난 거라며 아버지에게 모든 원망을 쏟아부었다. 그러는 와중에도 너무나 철저하게 규칙적으로 사는 아버지의 모습은 더욱 답답하게 느껴졌다.

아버지는 본인에게는 그토록 엄격했지만 나에게는 엄부의 모습을 보이거나 강압적으로 뭔가를 시킨 적이 없었다. 그저 딱 두 가지에 대해서만 잔소리를 했는데, 음식을 남기지 말라는 것과 사용한 수건을 반듯하게 걸어놓으라는 것이었다. 하지만 나는 보란 듯이 음식을 남기고 일부러 정리 정돈을 하지 않았다. 아이러니컬하게도, 지금의 나는 수건은 항상 반듯하게 정리하고 엉클어진 것을 보면 질색을 한다. 그러니까 아버지와 꼭 닮은 성미를 거스르면서까지 소모적인 싸움을 벌였던 것이다.

"은진이 고모, 아버님이 안 좋아요. 얼마 안 남으신 거 같아. 고모만 찾으세요……."

2002년 3월 중순이었다. 거의 연락을 안 하고 지내던 큰오빠의 아내, 올케언니의 전화였다. 나는 순간 훅 숨을 멈추긴 했지만 심드렁한 척했다. 올케언니는 벌써 수년째 아버지를 모시고 산다고 했다. 이틀 뒤가 생신이니 꼭 와달라는 부탁이었다. 느낌이 좋지 않았다. 내가 일방적으로 아버지의 전화를 받지 않으면서, 아버지와 연락을 끊은 지도 오 년여였다. 아버지로부터 달아나 나 혼자 살아가기 위해 질주하던 시간들이 늙은 아비의 앙상한 손가락 사이로 빠져나갔다. 누가 스위치를 올린 것도 아닌데, 스크래치가 많이 간 오래된 필름들이 차르르르 소리를 내며 돌아가기 시작했다. 내 기억의 화면에 맺힌 상들은 뚝뚝 끊기기도 하고, 노출이 과해 하얘졌다가 때로는 검은 무지가 되었다.

1963년 명동 드라마센터에서 찍은, 하얀 웨딩드레스와 턱시도를 입은 두 분의 결혼 사진. 매년 해사한 봄날이면 덕수궁에서 열린 국전을 보러 날 데리고 가던 아버지의 소맷자락. 오빠의 돈을 훔치다가 들켜 발길질을 당하고 있을 때 문을 부수고 들어와 나를 구했던 아버지. 유난히 처복이 없었던 아버지의 세 번째 결혼. 새엄마의 아이까지 다 함께 살았던 청담동 작은 빌라. 미국에서 돌아와 막무가내로 엇나가는 나를 딱 한 번 우산으로 때렸던 아버지. 순서 없이 떠오르는 기억의 조각들 속에서 아버지는 항상 올곧은 모습이었다.

이젠 거의 사람도 잘 못 알아볼 정도로 늙고 병든 아버지를 마주할 자신이 없었다. 동시에 이번이 아니면 다시 아버지를 못 볼 수도 있다는 예감에 순순히 아버지를 찾아갔다.

올케언니가 부산하게 열어준 문간방 아버지의 방문 앞에서, 나는 발이 바닥에 들러붙은 듯 꼼짝할 수 없었다. 생명의 온기라곤 느껴지지 않던 그 방이 지금도 기억에 또렷하다. 올케언니가 "아버님, 은진이 고모 왔어요"라고 크게 말하며 아버지를 흔들었다.

말씀을 하세요. 목소리를 내서 살아 있다고 알려주세요. 아버지.

하고 싶은 말은 있었는데 목젖에 걸려 나오지를 않았다.

"은진이가? 은진이가 왔구나. 거기 은진이니?"

꺼질 듯한 소리로 더듬더듬 내 이름을 부르는 익숙한 목소리가 들려왔다. 그제야 한 발 두 발 다가설 수 있었다. 나를 낳은 아비가 거기에 누워 있었다. 앙상하게 늘어뜨린 팔과 다리, 너무나 얇고 가느다란 몸으로, 싱글 침대가 반 이상 비어 있는 그 그늘에.

"네, 아버지. 저 왔어요, 아버지."

그날 아버지는 생일상을 받아 맛나게 드셨다. 그래봤자 몇 숟갈도 안 되는 양이었지만, 내가 떠드리는 밥술을 힘들여 열심히 삼키셨다. 아버지가 주무시는 것까지 보고 돌아 나올 때, 올케언니는 내가 집에 두고 나갔던 오래된 책 몇 박스를 꺼내 왔다.

"고모 물건이라고 절대 못 버리게 하셨어요."

그리고 정확히 사흘 뒤 아버지는 늘 기상하시던 이른 새벽 시간에 임종하셨다. 장례 절차는 남들과 똑같았다. 장로였던 큰오빠 교회 사람들이 찾아와 근사하게 예배를 올려주었다. 사흘 동안 꼬박 한잠도 안 잔 나는, 발인을 할 때 무너져 내렸다. 그간의 모진 세월을 안타까워하는 목 놓음이었다. 그렇게밖에는 할 수 없었던, 그러나 다시 돌이키고 싶지는 않은 세월. 장례를 마치고 나는 호적을 파 단독 호주가 되었다.

아버지는 북한강이 보이는 파주 동화경모공원의 볕 좋은 곳에 모셨다. 젊은 날 떠나오신 북녘 땅이 저 멀리 손에 잡힐 듯이 보이는 곳이다. 나는 아버지의 생신과 명절이면 때때로 나름 번듯한 상차림을 준비해 아버지를 찾는다. 그리고 아버지 곁에서 두런두런 이야기보따리를 풀어헤친다. 살아 계실 적에도 이런 시간이 있었더라면 얼마나 좋았을까.

"검사 결과가 나왔는데 암은 아니에요."

피 말리는 두 주가 지나갔다. 원장님이 내게 펄쩍 뛸 만큼 반가운 소식을 전해주었다.

"그럼 석 달 시한부 아닌 거예요?"

"네, 그래도 혈종이라 염증 세포 증식을 막는 약은 계속 먹어야 하고요. 석 달에 한 번씩 건강 상태를 체크해야 합니다."

나는 엄마를 부둥켜안고 또다시 눈물을 쏟았다. 이번에는 안도의 눈물이었다. 그게 벌써 이 년 전. 여전히 라마는 내 곁에 있다. 그러나 언제까지일지는 아무도 모른다. 그 일을 겪은 후 미국으로 돌아가는 엄마를 배웅하며 나는 이런 말을 하고야 말았다.

"엄마, 다음에 나올 때는 라마가 없을 수도 있어."

"알아, 얘……."

그런가? 아는 건가? 우리 모두는 알고 있는 건가?

이별은 예고 없이 찾아온다. 다가올 이별을 대비해 만반의 준비를 해도, 이별이 지나간 자리는 모래처럼 깔끄럽다. 그렇다고 이별을 피할 수도 없다. 아무리 발버둥쳐도 오늘은 같은 속도로 어제가 되고, 시간은 어김없이 흘러간다. 이것은 한 치의 오차도 없는 삶의 공식이자 죽음의 법칙이다. 영원히 그날이 오지 않기를 바라는 마음에도 불구하고. 그렇기에 라마와 나에게 아직 주어진 날들 동안 내가 할 수 있는 일은 라마가 먹고 싶은 것, 하고 싶은 것을 마음껏 즐길 수 있게 해주는 것. 그리고 듬뿍듬뿍 따듯한 애정 공세를 늦추지 않는 것일지니.

아직 기다림을 모를 나이, 너무나 짧았던

3부

세상이라는 무대 위에서 우리 모두는 한낱 배우

너와 나의 데뷔작

브라보 마이 라이프!

라마가 학교에 다닐 때, 소장님은 개의 사회성이 얼마나 중요한지 누차 강조했다. 개들은 후각을 이용해 서로를 익히는데 특히 항문의 땀샘에서 나는 체취를 맡으며 상대를 파악한다. 이때 사회성이 부족한 개들은 다른 개가 자기 냄새를 맡으려고 들면 공격적인 태도를 취하거나 도망을 간다. 라마는 자신을 탐색하려는 개들에게 늘 매너 좋게 기다려주었으니 사회성은 좋은 편이리라.

하지만 라마에게는 조금 남다른 구석이 있었다. 한강 고수부지와 공원을 산책할 때면 우리는 다양한 견종과 마주쳤다. 그럴 때마다 라마는 다른 개들에게 눈길조차 돌리지 않았고 이따금 철모르는 소형견들이 공격적으로 짖어대도 전혀 개의치 않았다. 그나마 유일하게 레트리버에게만 꼬리를 흔들어주었는데, 활발한 성격의 상대 레트리버가 반가워 달려들면 또 언제 그랬냐 싶게 제 갈 길을 갔다.

오히려 라마는 다른 개와 어울리는 것보다 테라스가 있는 카페에 나와 함께 의젓하게 앉아 지나가는 사람들을 한가로이 바라보는 걸 더 즐기는 듯했다. 혹시 자기가 나와 같은 종이라고 생각하는 건가? 이는 마치 제 외모가 빼어난 줄을 알고 있는 이들 특유의 고고함과도 흡사했다.

그런 라마가 처음으로 출연한 영화가 〈오로라 공주〉이다. 주인공 정순정이 변호사를 납치해 차에 태우고 가던 중 횡단보도 신호에 걸렸을 때, 옆 차에 타고 있다가 뭔가 이상한 낌새를 눈치채고 컹컹 짖는 개 역할이었다. 라마는 한 달간 짖는 훈련을 받고 촬영에 들어갔다. 평소 스튜디오에서 사진 촬영을 할 때면 끝까지 내 곁을 지키며 기품을 잃지 않던 라마였건만, 수많은 스태프와 카메라, 조명으로 둘러싸인 낯선 현장에서 라마는 NG를 연발했다. 자꾸 내 쪽을 보고 짖는 게 문제였다. 찍고 다시 찍기를 반복한 끝에 내가 라마의 눈에 띄지 않도록 몸을 숨기고서야 간신히 촬영을 마칠 수 있었다. 이후 나는 라마를 출연시키자는 제안을 받으면 야멸차리만치 단호히 거절했다.

요즘은 친구 딸이든 친척 아이든 끼가 보이고 예쁘장하다 싶으면 "나중에 뭐 될래?"라는 질문에 열이면 열이 연예인이라고 대답한다. 꿈조차도 참으로 천편일률적이다. 대중문화의 위상이 점점 높아져서 그만큼 대중들에게 큰 영향을 미치는 것일까? 한결같이 예쁘고 잘생긴 아이돌들이 화려한 퍼포먼스를 펼치며 한류 붐을 일으킨 것에 대한 동경일까? 배우고 가수고가 중요한 게 아니다. 연예인을 꿈꾸는 것이 바람직한지 어떤지를 떠나, 너무 일찍 그 길에 섰을 때 아이들이 겪는 고초가 만만치 않다는 것은 알고들 있을까? 남들보다 먼저 알에서 부화한 아기 펭귄은 혹한에서 살아남기 힘든 법이다. 그렇듯 자기 나이보다 빨리 어른이 되는 아이들을 지켜보는 것이 마음 편치만은 않다.

나는 어렸을 때 그리 예쁜 편은 아니지만 제법 눈에 띄는 아이였다. 당시로서는 꽤 첨단이었던 이혼 가정 출신으로 이 집 저 집을 떠돌았기에, 다른 사람들에게 내가 의도한 모습만을 보여주는 데에 일찌감치 도가 텄다.

엄마가 함께 살았을 때 나는 마치 세상의 중심에 서 있는 것 같았다. YMCA 수영장도 다니고 유치원과 미술 학원에서 내 재능을 봐주는 선생님들을 통해 다양한 것을 배웠다. 엄마만 돌아온다면 그 시절로 되돌아갈 수 있으리라고 믿었던 나는 늘 엄마를 그리워했다. 부모의 이혼이 어떤 것인지 잘 이해할 수 없던 나이였다.

나는 혼자서 목욕탕에 가는 게 가장 싫었다. 엄마랑 같이 온 아이들이 딸기 우유를 빨며 물놀이하듯 목욕탕을 뛰노는 모습이 보기 싫었고, 혼자 왔느냐며 친절을 베푸는 아주머니들이 싫었다. 등을 밀어준다며 내 때수건 말고 당신들이 쓰던 때수건으로 나를 돌려 앉히고 때를 미는 게 너무너무 싫었다. 돌봐주는 사람이 없다는 것이 너무나도 선뜩하게 다가와서. 동정받고 있다는 사실이 눈에 보이듯 빤해서. 하지만 나는 보채지 않았다. 엄마가 보고 싶어도 참았고, 그렇게 보고 싶던 엄마를 봤을 때도 담담한 척했다.

어릴 적부터 나는 노래 콩쿠르에 나가면 수상을 놓친 적이 없었다. 하지만 엄마가 떠나자 가족 중에 내 노래를 관심 있게 들어주는 사람이 없다는 것을 깨달았다. 나는 끼 많은 아이였고, 내 끼와 재능을 알아봐줄 누군가가 필요했다. 그러던 중 아빠가 보던 신문에서 KBS 어린이합창단 모집 공고를 보게 되었다. TV는 KBS 고정, 신문은 조선일보 고정, KBS와 조선일보라면 무조건 신뢰하는 아버지의 보수적인 성향 덕분에 나는 입단 원서를 구할 수 있었다. 아버지는 손수 작성한 원서를 들고 내 손을 잡은 채 명동 입구에서 퍼시픽 호텔 옆길 고갯마루를 따라 한참 올라갔다. 오디션을 보는 날에는 나 혼자 와야 했기 때문에, 아버지는 꼼꼼하게 길을 가르쳐주었다. 접수를 마치고 돌아올 때는 더 짧은 지름길을 찾아내어 내게 단단히 길을 일러두었다. 아마도 그게 아버지가 딸에게 해줄 수 있는 최선이라고 생각했던 것 같다.

오디션 당일, 다들 엄마 손 붙잡고 온 아이들 틈에서 혼자 온 나는 그 낯섦과 무서움을 이겨내며 입단 시험을 치렀다. 노래도 부르고 즉석 안무도 따라했다. 혼자 힘으로 합창단원이 되었다는 기쁨도 잠시뿐, 그 세계에는 거센 치맛바람이 휘몰아치고 있었다. 언제나 혼자 오는 나는 지휘자 선생님이나 단장님의 눈에 띄는 아이가 아니었다. 다만 키가 큰 편이라 운 좋게도 뒷줄 중앙에 배치되면서 종종 카메라에 얼굴이 따로 잡히곤 했다. 나는 카메라에 잡힐 기회가 왔을 때 절대 실수해서는 안 된다는 것을 알고 있었다. 부모의 뒷바라지가 없어도 제 몫을 다하는 총명한 아이로 내 이미지를 포지셔닝해야 경쟁력이 있다는 일종의 생존법을 터득했던 것이다. 나는 주어진 역할을 실수 없이 해내는 믿음직한 단원으로 스스로를 자리매김했다.

삼 년 동안 합창단 활동을 하면서 내 재능으로 의미 있는 일을 한다는 자부심도 느낄 수 있었다. 아니, 그건 일종의 자존감이었다. 실향민이었던 아버지는 재외 동포를 위로하는 순회공연 무대에 선 나를 기특해하셨다.

방송국 생활에도 어느 정도 익숙해진 나는 오가며 마주치는 연기자나 스태프에게 쪼르르 달려가 배꼽 인사를 하는 친화력 높은 아이가 되었다. 어른들은 합창단복을 입은 아이들을 흐뭇한 표정으로 예뻐해주었다. 그 생활이 좋았다. 가정에서 충족받지 못한 애정을 사회생활을 통해 보충하려는 또 다른 자기 나름의 생존법이었는지도 모르겠다.

하지만 중학교에 들어가니 합창단 활동이 버겁게 느껴지기 시작했다. 겉으로는 공부에 집중하고 싶다는 이유로 합창단을 그만뒀지만 속마음은 달랐다. 내가 아무리 노력해도 치맛바람을 이길 수 없다는 것은 사춘기 소녀에게 지독한 서러움으로 각인되었다. 그렇게 나의 첫 사회생활은 끝이 났고, 학교생활에 전념하기로 한 나는 세상 물정 모르는 순진한 중학생들 사이에서 절대 모범생 역할을 하기로 했다. 미술반 활동을 겸하는 학생회장이었던 나는 졸업식 때 각종 상을 수상하러 교단을 오르내리며 끝까지 맡은 역할을 완수했다.

아마도 그 무렵이었던 것 같다. 내 재능이 내게 주어진 어떤 인물을 연기하는 것임을 어렴풋하게 인지한 것이. 나는 여섯 살 때부터 엄마를 그리워한다는 것을 감추는 연기를 해왔다. 아버지의 따뜻한 말 한마디에 얼마나 기쁜지를 숨겼고 노력해도 되지 않는 것이 있다는 실망감을 모르는 척했다. 마음껏 슬퍼하지도 외로워하지도 기뻐하지도 분노하지도 못했다.

그러던 중 연극을 알게 되었다. 연극은 숨기는 것이 아니라 드러내고 표현하는 것이었다. 무대에서는 기뻐하고 화내고 슬퍼해도 괜찮았다. 꼭꼭 감춰온 감정들이 극중 인물의 모습과 언어로 쏟아져 나오면서 무대 밖의 나는 서서히 원래의 나로 돌아왔다. 외로움 많이 타고 까칠하면서도 감수성 풍부한 소녀, 방은진으로.

지인들이 이따금 아이가 연예인이 되어도 괜찮을지 물어볼 때가 있다. 그럴 때면 내 대답은 하나다. 학창 시절 공부 외에도 집중할 수 있는 무엇인가가 있다는 것은 정말 중요하다. 부모에게는 아이의 미래에 어떤 일들이 펼쳐질지 내다볼 수 있는 안목이 거의 없다고 해도 과언이 아니다. 그러니 미처 움트지 못한 어린 싹을 부모의 욕심이나 기대로 미리 솎아내는 우를 범해서는 안 된다. 천재적인 재능이라면 감추려고 해도 감춰지지 않겠지만, 대부분의 사람들은 자신의 재능이나 정말로 자신이 하고 싶은 것을 발견하기가 쉽지 않다. 하고 싶은 것을 하면서 충분히 시간을 두고 지켜보아야 어느 지점에서 본질적으로 순환하고 있는 패턴이 드러난다. 내가 보채지 않는 아이에서 합창단원, 모범생을 거치면서 비로소 나의 재능을 발견했던 것처럼 말이다. 그러니 부디 조바심 내지 말고 도전하길. 이게 내가 들려줄 수 있는 유일한 조언이다. 하여 언제나, 브라보 마이 라이프!

나는 행복한가?
행복해지려 하는가?

무대로 가는 길

"왜 그랬어? 응? 이거 물면 안 된다고 그랬지! 그럼 안 된다 그랬지!"

"……."

"말을 해봐! 말 좀 해보라고!"

라마가 어릴 때 나와 라마 간에 오가곤 하던 대화이다. 정작 혼을 내놓고도 어이가 없는 건 내 쪽이었다.

'뭔 말을 하라고. 나 말 못 하는 거 모르시나요?'

라마는 대개 이런 순간 꼼짝 않고 내가 하는 대로 따귀를 슬쩍 맞거나, 눈 딱 감고 코끝에 떨어지는 플라스틱 자를 견딘다. 한참을 야단친 내가 라마가 짓씹고 뜯어놓은 현관 쪽 마 벽지나 미끄럼

방지 턱의 잔해를(이상하게도 라마는 신발은 물어뜯지 않았다) 치우느라 분주하면 라마는 한발 떨어져 앉아 내 눈치를 보며 탁탁 꼬리를 흔든다. 그리고 눈을 쓱쓱 교대로 치켜뜨며 내 화가 어느 정도 잦아들기를 기다린다. "라마, 이리 와!" 할 때까지 말이다. 오라는 소리가 들리면 귀를 삼각형으로 만들어 뒤로 젖힌 채 다가와 내 눈높이에 맞춰 앉아서는 어깨에 슬며시 머리를 기댄다. 그러다 마침내 화가 풀린 내가 라마를 얼싸안고 등을 다독여주면 그제야 혀로 쓱쓱싹싹 내 얼굴을 핥아댄다. 용서를 구하는 것이다. 한번 이 과정을 거치면 라마는 같은 실수를 다시는 하지 않는다.

가끔은 그런 생각이 든다. 인간과 개의 DNA 배열 코드는 90퍼센트 이상 일치한다고 하는데, 어쩌면 그와 관련이 있기라도 한 걸까? 라마는 내 목소리의 높낮이로 나의 기분과 언어를 파악하고 감지해내는 능력이 탁월하다. 지금까지 줄곧 라마는 내 명령에 순종하고 내가 살아가는 방식에 따라주었다. 라마는 내 곁에 온 순간부터 반려견이 되었다. 반려견의 삶을 선택한 것이 아니라 그냥 수용했던 것이다. 일말의 불만도 없다는 듯 내 곁에 늘어져 있는 라마를 바라보고 있노라면 이따금 궁금해진다. 인간인 내가 개의 인생에 어떤 선택의 행로가 있을지 알 수는 없지만, 만약 그런 게 있다면 이 아이는 무엇이 되고 싶었을까?

중학교를 졸업한 나는 엄마가 있는 미국으로 가게 되었다. 내 나이 열다섯. 참으로 오랜 기다림이었다. 나는 아버지와 새어머니와 배다른 형제들을 뒤로하고 홀가분하게 한국을 떠나면서 다시는 이 땅에 돌아오지 않을 것이라 다짐했다. 그러나 오랜 시간 농축된 그리움에도 불구하고 엄마와 나는 잘 지내지 못했다. 미국생활에 적응하는 건 꽤 빨랐으나 우리는 서로를 몰라도 너무 몰랐다. 엄마가 기억하는 딸은 어린아이였는데, 막상 타지에서 재회한 것은 열다섯 사춘기 소녀였다. 말로도 덩치로도 밀리지 않는 조숙한 딸이 엄마에게는 예상보다 버거웠던 게 분명하다.

나는 이 년 반 만에 영주권을 반납하고 다시 한국으로 돌아왔다. 반 강제로 다시 아버지 집에서 지내게 된 나는 일상의 모든 것이 지긋지긋했다. 게다가 학기가 맞지 않아 한 학년 낮춰 다니게 된 학교 역시 내가 작심하고 비뚤어질 수 있는 빌미가 되어주었다. 내 성장통의 근원에는 어느 곳에도 속할 수 없다는 외로움이 뿌리 깊게 자리 잡고 있었다. 나는 학교생활이나 공부에 흥미를 붙이지 못했다. 반항심을 추스르지 못하고 관심 없는 과목 시험에 백지 답안을 제출했다가 교무실에 불려가 출석부의 뾰족한 모서리로 대차게 맞기도 했다. 잦은 무단결석 때문에 담임 선생님은 내가 졸업도 못 할 거라고 체념했다. 그런 나를 바로잡아준 것이 연극이었다.

중학생 때부터 〈고도를 기다리며〉, 〈느릅나무 그늘의 욕망〉, 〈유리 동물원〉 등의 명작 무대를 접한 나는 학교에 연극반이 생긴다는 소식을 듣자마자 지도 선생님을 찾아갔다. 당시 연극반을 맡았던 배인홍 선생님은 고교생들의 연극 무대치고는 꽤 수준 있는 공연이 될 수 있도록 지도해주셨다. 공연의 주인공은 학교의 스타가 되었다. 첫해에는 훗날 아나운서가 되는 김연주가 남자 주인공을 맡아 최고의 인기를 누렸고, 이듬해 내가 몰리에르의 희곡 〈수전노〉에서 발레르라는 남자 주인공 역할을 맡아 여학생들의 마음을 사로잡았다. 책상 서랍 안에 가득 찬 팬레터와 쉬는 시간이면 나를 보러 몰려드는 학생들 덕분에 내 안의 비틀린 고독과 우울도 조금씩 사라져갔다. 몇 발자국도 안 되는 작은 무대를 걸으며 설명할 수 없는 희열에 숨통이 트였다. 나는 고교 생활의 대부분을 연극 연습을 하며 보냈고, 덕분에 무사히 졸업장도 받았다.

학업에 담을 쌓고 지내도 고3 수험생에게 입시는 현실이었다. 연극을 하겠다고 결심했지만 연극과를 선택하지는 않았다. 연극배우 윤소정 선생님은 부티크를 운영하고, 김금지 선생님은 구두가게를 했다. 연극배우로 살더라도 생계를 유지할 수 있는 수단이 필요했다. 나는 혼자서 고민한 끝에 국민대학교 의상학과에 원서를 넣고 조용히 합격했다.

대학에서 보낸 사 년간은 특별한 기억 없이 흘러갔다. 좋아하는 과목은 잘했고 그렇지 않은 과목은 F를 맞기도 했다. 4학년 2학기에는 패션 디자인 회사에 취직하여 직장 생활도 했다. 평범하지만 성실하게, 거의 멈추는 시간 없이 달려갔다. 브레이크 없는 질주는 내가 기다리거나 나를 기다리는 무언가를 향한 것이 아니었다. 어느새 나는 다시 예전처럼 무채색의 평범함을 연기하고 있었다. 마찰력 없는 레일 위를 일정한 속도로 달려가는 무쇠 기관차.

그런 내가 1989년, 멈췄다. 마치 철로가 끊기기라도 한 것처럼 거대한 소음과 함께 급정거했다. 그리고 나는 집에서 나와 혼자 살던 5층 아파트 꼭대기 원룸에 들어앉아 세상을 향해 난 문을 잠가버렸다.

'나는 행복한가? 행복해지려고 하는가?'

단순하기 그지없는 이 질문 속을 헤매던 끝에 당도한 또 하나의 질문.

'나는 무엇이 되려고 하는가?'

나는 두 개의 철로를 동시에 달리려는, 머지않아 전복될 것이 분명한 한 량짜리 기차였다. 평행선을 달리고 있는 그 두 개의 철로를 어떻게든 하나로 연결시켜야 했다. 고민하고 또 고민했다. 화두는 내가 진정 원하는 것이 무엇인가로 향했고, 꼬박 일주일간 한자리에서 나만을 바라보며 고민한 끝에 아주 단순한 진리 하나를 찾아냈다.

'나를 기다려주는 곳은 무대. 그리고 나는 그 무대에 서기를 강렬히 열망한다.'

고민 끝에 찾아낸 결론은 고작 그런 것이었지만, 그 단순한 결론 때문에 나는 과감히 진로를 수정했다. 나는 남을 아름답게 꾸며주는 일보다 내가 빛날 수 있는 일을 하기로 했다.

막상 결심은 했지만, 아무리 신문을 뒤져봐도 극단원 모집 광고는 눈에 띄지 않았다. 그렇다고 마냥 주저앉아 있을 수는 없었다. 나는 닫아걸었던 문을 열고 세상으로 나갔다. 제일 먼저 찾아간 곳은 서대문에 있던 민중극단이었다. 공연 중이던 연극 〈로미오와 줄리엣〉이 끝나기를 기다렸다가 연극배우 박봉서 선생님을 만났다. 처음 뵙는 순간 무섭다는 인상을 받았지만 최대한 얌전하고 차분하게 인사를 건넸다.

"연극이 하고 싶어서 찾아왔습니다."

박봉서 선생님은 예리한 눈길로 나를 훑어보셨다. 그때 나는 여름 정장을 곱게 차려입고 갔는데, 그 모습이 도무지 연극판에서 버틸 애 같지 않아 보인 모양이었다.

"왜 연극을 하려고 하느냐?"

뭐라고 대답했는지 기억도 잘 나지 않지만 장황하고 절실한 문답이 오갔다. 허락을 얻어내는 일은 쉽지 않았다. 나는 말보다는 행동으로 내 의지를 증명하기로 했다. 재차 민중극단을 찾아가 읍

소한 끝에 결국 화장실 청소부터 시작하기로 했다. 〈로미오와 줄리엣〉의 앙코르 공연 때는 단역이었지만 배우로 무대에 섰다. 대사도 거의 없는 역할로 첫 무대를 겪고, 선배들의 언더스터디★를 맡다가 한 단계 올라서서 선배와 더블캐스트★★로 무대에 서기까지 차근차근 단계를 밟았다. 하지만 의욕만 앞섰던 내 첫 극단 생활은 반바지를 입지 말라는 선배의 한마디에 내가 당차게 대들었던 사건으로 막을 내렸다.

나는 극단 소속이 아닌 신인 여배우, 즉 보따리장수가 되어 대학로로 향했다. 그곳에는 아직 뚜껑을 열어보지 않은 작품과 무대가 나를 기다리고 있을 터였다. 어떤 작품을 만날지, 누가 나를 써줄지 한 치 앞도 예측할 수 없는 불안을 담보로 했지만, 두 개의 철로 사이에서 어렵게 선택했던 하나의 행로. 나는 그것을 바꾸거나 되돌아가지 않겠다고 다짐했다.

지금 걷고 있는 이 길이 맞는지 틀리는지는 누구도 미리 알 수 없다. 다만 자신의 판단을 믿고 그것을 수행할 저력을 펼쳐 보일 따름이다. 그리고 그 판단의 결과는 오직 최선을 다해 보낸 시간

★언더스터디
대타 배우. 만약을 대비해서 연습을 하지만 해당 역할을 맡은 배우에게 아무 일도 없을 경우에는 무대에 서지 못한다.

★★더블캐스트
최근의 더블캐스트는 하나의 배역에 두세 명의 배우를 섭외하여 거의 동일한 횟수로 번갈아가며 공연을 올리는데, 당시에는 더블캐스트 되어도 선배들의 공연 일수가 훨씬 많았다.

이 지나고 나서야 판가름 날 것이다. 나는 배우의 길을 택했고, 이십 대와 삼십 대를 무대와 스크린에서 연기를 하며 보냈다. 지금은 영화를 연출하고 있지만 그 밑바탕에는 내가 연기를 하며 보낸 시간들이 켜켜이 쌓여 있다. 그러나 여전히 나는 이십오 년 전 작은 원룸에 칩거하며 빠져들었던 내 첫 질문의 답을 찾지 못했다.

"나는 행복한가? 행복해지려고 하는가?"

그 답을 미처 알지 못하는 것은 아직 내게 이 길 위에서 보내야 할 시간이 남아 있는 까닭이다.

"라마는 주인 잘 만나서 호강하네!"

나는 이 말이 뿌듯하면서도 듣기 싫다. 그동안 라마에 대해서라면 먹는 것도 최고급으로 골라 먹이고, 조금이라도 아프면 온갖 병원 치료를 다 받게 하고, 매년 거르지 않고 라마가 좋아하는 바다 수영도 하러 다녔다. 온전하게 나의 살림살이를 라마에게 맞춰 살고 있는 것도 맞다. 그러나 라마 인생의 태반은 기다림으로 점철되어 있다.

나는 이 삶이 라마가 원했던 것인지, 그로 인해 행복한지 라마에게 물어본 적 없고 속내를 들은 적도 없다. 아마 앞으로도 결코 알지 못하리라. 대신에 분명하게 대답할 수 있는 것이 한 가지 있다.

라마와 함께 보낸 십사 년이라는 시간이 내게 심어준 확신.

"라마야, 나는 너와 함께 지낸 시간 동안 너무나 황홀하고 행복했단다."

물론 나의 대답이 라마가 기대했던 것인지는 알 수 없지만 말이다.

나를 기다려주는 곳은 무대
나는 그 무대에 서기를 열망했다

배우로서 견뎌야 할 시간들

"집에 들어가면 나를 제일 먼저 반기는 우리 꽃지야."

"노마는 내가 아무리 늦어도 내 발자국 소리를 귀신같이 알고 문 앞에서 끙끙거려."

"고래는 내가 나가면 그냥 잠만 자요. 하루 종일 나를 기다리면서……."

대부분 개를 키우는 사람들이 받는 위로라는 것은 이 언저리에서 시작한다. 친구나 연인에게도 늘 웃는 모습만을 기대하기란 어렵고, 가족이라면 더더구나 한결같이 반겨줄 수만은 없을 터. 언제나 변함없이 보여주는 충성심(혹은 의존감)이야말로 '개가 사람보다 낫다'라는 말을 거리낌 없이 하게 만드는 까닭일 것이다.

그러나 모든 행복한 일에는 대가가 따르듯이 개를 키운다는 일에 장점만 있는 것은 아니다. 바쁜 아침 시간에도 나는 늘 라마를 위해 삼십 분 일찍 일어나야 한다. 부스스한 얼굴로 눈도 덜 뜬 채 밥을 주고 약을 먹인다. 그러고는 바깥으로 데리고 나가 라마가 볼일을 마칠 때까지 꼼짝없이 기다린다. 들어와서는 발을 닦이고 털을 빗기고 눈곱을 떼어준 후 잠시라도 놀아주고 나서야 나를 위한 준비를 시작할 수 있다. 라마와 더불어 산 십사 년 동안 매일같이 반복되어온 일과다.

어찌 보면 개라는 동물은 혼자 할 수 있는 게 거의 없다. 어디 그뿐인가. 제 몸이 아플 때는 귀찮다며 약도 안 먹으려 드는 사람도, 키우는 개가 아프면 몇십 킬로그램이나 나가는 덩치를 번쩍 안아 들고 병원으로 뛰어가게 마련이다. 그들이 우리에게 주는 사랑만큼, 아니 어쩌면 그 이상으로 우리는 감정과 비용을 들이고 절대적인 시간을 할애한다. 우리는 어쩌면 그렇게 많은 수고를 아끼지 않기 때문에 비로소 소중한 가치를 깨닫게 되는 것인지도 모른다.

연극배우로서의 내 삶도 그러했다. 나는 어느 날 짠 하고 나타난 배우가 아니었다. 처음 극단 생활을 시작했을 때는 일 년 동안 극단에서 공연을 하고 받은 돈이 전부 118,000원이었다. 공연이 성공하면 개런티를 받고 아니면 한 푼도 못 받는 일이 허다했으니 오직 연극배우라는 자존심만으로 버텨야 했다. 돈을 생각하면 연극은 할 수 없었다.

공연이 시작되면 식사비와 교통비를 포함한 일일 작업비 이천 원을 받아 들고 온종일 포스터를 붙이러 다녔다. 어느 뜨거운 여름날 포스터를 붙이던 나는 대학로에 있던 파리바게트의 대형 현수막 앞에서 걸음을 뗄 수 없었다. 계절 한정 메뉴로 새로 출시된 팥빙수를 홍보하는 내용의 현수막이었다. 한여름의 열기를 단번에 날려줄 것 같은 팥빙수의 가격은 천오백 원이었다. 작업비 이천 원으로 빙수를 사 먹으면 차비밖에 남지 않을 터였다. 그러나 나는 팥빙수가 너무나도 먹고 싶었고, 결국에는 끼니 대신 팥빙수를 먹고 공연을 했다. 이런 상황은 허다했다. 동인제 시스템에 속해 있던 극단 단원들 모두가 전쟁을 치르듯 하루하루를 보냈다.

그런 가운데 나는 배우로서 비교적 일찍 도약했다. 1989년 연극무대에 배우로 데뷔해서 1992년 제16회 서울연극제에서 최우수연기상을 수상하고 이듬해 백상연기대상 연극 부문 신인연기상을 받으며 제법 상복을 누렸던 것이다. 김명곤 선생님이 이끌던 극단 아리랑의 〈격정만리〉 이후 김민기 선생님을 만나 학전과 연을 맺게 되면서 1994년에는 록 뮤지컬 〈지하철 1호선〉의 초연 멤버가 되었다. 연극배우로 이름이 알려지면서 일은 쉴 새 없이 이어졌지만 생활은 여전히 한 치 앞도 내다볼 수 없을 만큼 대책이 없었다. 물론 학전은 정확하게 수익을 배분하여 배우들에게 월급을 주던 최초의 극단이었지만 그 역시 곤궁하기는 마찬가지였다.

집안의 지원을 받는 건 자존심이 허락하지 않았다. 신문에 난 인터뷰 기사로 딸이 연극배우가 되었다는 것을 알게 된 아버지는 "의대 나와서 농사짓는 거하고 뭐가 다르냐?"라는 반응이었고, 그나마 엄마가 본 기사는 '제2의 윤석화'를 운운하던 것이라서 조금 나은 편이었으나 미국에 있던 엄마는 자기 생활에 부대끼는 처지였다. 꼭 그 때문만은 아니었다. 나는 내가 선택한 인생을 내 힘으로 운용하고 싶었다.

아르바이트를 병행하면서도 결국 침대며 세탁기를 팔아야 했고, 전세에서 월세로, 월세에서 더부살이로 연명하는 생활 속에서 악착같이 오 년을 버텨냈다. 배우를 천직으로 선택하면서 나는 이 바닥에서 어떻게든 오 년을 버티지 못하면 이도 저도 아닌 그저 그런 배우가 되고 말 거라 생각했다. 오 년을 버티면 십 년을 버틸 수 있고, 십 년을 버티면 뭐가 되어도 되리라 믿었다.

그 대책 없는 기다림의 시간들을 후회한 적은 없다. 일 년에 네 편의 공연을 하며 온종일 연습실에서 살다가 공연이 시작되면 무대에 오르는 일과가 반복되었다. 아무리 고달파도 무대의 막이 오르면 관객과 호흡하며 숨을 쉴 수 있었다. 만석일 때도 아닐 때도 객석에 관객이 있다면 나는 그 순간을 위해 사는 것이었다. 그 사실에 내 삶의 모든 의미를 쓸어 담았다. 그렇게 나는 배우로서 시간을 견디는 법을 배워나갔다.

그렇게 오 년이 흐른 시점에 새로운, 아니 절호의 기회가 찾아왔다. 일백 편이 넘는 영화를 만든, 한국을 대표하는 감독이자 세계적인 거장인 임권택 감독님의 영화 〈태백산맥〉의 캐스팅 제의를 받은 것이다. 당시는 연극배우가 TV 드라마나 영화에 출연하면 "연극 정신이란 게 어디 있냐? 결국 먹고살려고 다 떠나는데!"라는 뒷말이 나돌던 시절이었다. 지금처럼 브라운관과 스크린, 연극 무대를 종횡무진하는 배우가 있었던 것도 아니고, 그중에서도 연극 무대가 가장 폐쇄적이었다. 그럼에도 불구하고 영화 〈태백산맥〉에 대한 연극계의 인식은 남달랐다. 임권택 감독님이 주조연을 막론하고 대대적으로 연극배우를 기용한 작품이기 때문이었다.

영화 〈태백산맥〉의 캐스팅 제의를 받고 출연료 협상을 하는 과정에서 작은 진통을 겪기도 했다. 비록 소속사나 매니저가 없는 보따리 장수였지만 당시 나는 연극배우로는 꽤 유명세를 타고 있었다. 영화사에서 제시한 출연료는 일개 연극배우 입장에서는 아주 큰돈이었으나, 영화배우의 출연료로는 상당히 적은 편이었다. 연기력은 담보, 출연료는 최저. 그런 출연료 책정 방침의 밑바탕에 연극배우들은 가난하다는 전제가 깔려 있다는 것이 느껴졌다. 출연료를 더 높게 불렀다가 아예 저쪽에서 캐스팅 제안을 철회하면 어쩌나 하는 두려움이 앞섰으나, 내가 그런 굴욕적인 선례를 남길 수는 없었다. 첫 번째 협상 자리에서 제안을 거절하고 돌아서서 나왔다. 두려움과 후회, 자존심의 삼파전이 계속 나를 괴롭혔다. 그러나 결국 많지 않은 금액이나마 출연료가 재조정되었고, 〈태백산맥〉은 나의 영화 데뷔작이 되었다.

그렇게 시작한 늦깎이 영화배우 생활에 또 하나의 커다란 분기점이 찾아왔다. 나의 첫 주연작이 된 〈301, 302〉를 연출한 박철수 감독님과의 만남이다. 이 작품으로 나는 영평상, 청룡영화상, 춘사영화상 여우주연상을 연이어 수상하며 트리플 크라운을 달성한 여배우로 자리매김했다. 이제 고생길은 끝이고 훨훨 날 일만 남았구나 싶었다. 내 선택을 기다리는 시나리오가 쇄도했고, 나를 찾는 사람들의 연락이 끊임없이 이어졌다.

수많은 러브콜을 받으며 도취되었던 나는 한순간 고지식한 생각에 사로잡혀버렸다(나는 예나 지금이나 그렇게 헛똑똑이다). 그런 상황에서도 자존심만 우뚝 세우고는 '나는 영화계를 평정했으니 다시 연극계로 금의환향하여 무대에 서야 한다'라고 생각했던 것이다. 연이어 들어온 영화출연 제의를 다 거부하며 영화는 당대의 사유체계다, 이 작품은 한물간 페미니즘이다, 이건 여성을 지나치게 성적으로 까발렸다, 너무 코믹성에 치우쳤다고 이러쿵저러쿵 온갖 난 척을 하면서 훗날 땅을 치고 후회할 작품들을 놓쳤다. 그렇게 나는 상업영화의 배우로 더 이상 성장하지 못하고 2007년 김기덕 감독의 〈수취인불명〉으로 대종상 여우조연상을 수상한 것을 끝으로 영화배우로서의 삶을 거의 멈추고 말았다.

처음 무대에 선 이후로 칠 년 만에 나름 최고의 여배우라는 수식어를 달 때까지 하루도 허투루 보낸 적이 없다. 하지만 전성기는 너무나 짧았다. 배우는 관객과 대중의 사랑을 먹고산다. 그러나 그 사랑은 변덕이 심하고 시한부적이다. 때문에 배우들의 삶이 영원히 탄탄대로일 수는 없다. 누구는 사회적으로 물의를 일으켜서 매장되고, 누구는 무대에서 내려온 순간의 공허함을 이기지 못하고 모진 목숨을 스스로 끊기도 한다.

반면 사오십 년 이상 연기를 해오시며 국민 어머니, 국민 아버지라는 별칭을 얻은 분들에게서 공통적으로 눈에 띄는 것이 있다. 주름진 얼굴 위로 여전히 영롱한 눈빛을 빛내는 노년의 배우에게는 한때의 인기에 연연하지 않고 자신의 천직에 감사하며 매번 온몸을 던져 연기하는 기품과 바른 마음가짐을 느낄 수 있다. 배우가 아닌 사람들조차 존경하고 따를 수밖에 없는 인간의 품격.

노력하지 않는 배우가 어디 있겠는가. 고민하지 않는 배우 또한 없다. 연기란 내가 맡은 배역의 인물이 되어 그의 성격과 행동을 표현하는 일이기 때문에, 그 밑바탕에는 내가 어떤 사람인가가 깔려 있을 수밖에 없다. 내가 먹은 음식이 내가 된다는 말처럼, 내가 겪어온 시간이 바로 나의 품격을 만든다.

배우가 되고자 연기를 공부하고 있는, 아직 빛을 보지 못하고 주연배우 뒤에서 작은 배역을 맡고 있는 후배들에게 꼭 전하고 싶은 말이 있다. 그대는 무엇을 기대하는가? 그대가 기다려온 배우의 얼굴에는 어떤 인생이 담겨 있길 바라는가? 부디 한순간 반짝하는 스파크 같은 현란함에 현혹되지 마라. 그 스파크에 홀려 감전사하는 경우가 너무나 많다. 정상에 서는 것보다 배우로서의 품위를 얻는 것이 더 어렵다. 앞으로 그대가 겪어야 할 시간의 무게가 바로 그대를 수많은 인생을 담을 수 있는 배우로 성장시킬 것은 분명하다. 그러니까 견뎌주길. 진짜 배우는 언제나 그렇게 만들어지니까.

영화배우가 된다는 건

숨소리를 죽이고 다가갔다. 귀를 기울여봐도 아무 소리도 들리지 않는다. 한참을 기다리다가 더 이상 참지 못하고 문을 빼꼼 연다. 라마는 여전히 세면대 아래 웅크리고 있다. 나를 처음 만났던 그 대나무 밭 아래에서처럼. 슬쩍 눈만 치켜뜨고 처량하게 나를 보았다가 내가 나오라는 소리를 않자 그 자세 그대로 멈춘 모양새다. 옆에 놓인 배변 패드는 얼룩 한 점 없이 깨끗하다.

라마는 실내에서 패드에 배변을 하지 않아 내가 집에 없는 동안이면 무작정 참기 일쑤였다. 나는 그런 라마에게 실내에서 배변하는 법을 가르칠 작정이었다.

"쉬해! 라마, 너 밥도 먹었고 물도 잔뜩 마셨잖아. 그럼 직방인데, 참긴 왜 참아? 쉬!"

라마 앞에 쪼그리고 앉아 '쉬이~ 쉬이이~' 소리를 냈지만 라마는 꿈쩍도 안 했다. 모진 마음을 먹고 문을 다시 쾅 닫았다. 그쯤 하면 문가로 와서 끙끙댈 만도 한데, 저 갑갑한 화장실 안에서 라마는 내가 나오라 할 때까지 그저 묵묵히 기다릴 태세였다. 인내심이 강한 건지 고집이 센 건지 영 분간이 안 가는 생후 오 개월 된 어린 골든레트리버.

"네가 이기나 내가 이기나인 거지? 몰라. 맘대로 해."

괜히 한숨만 푹푹 내쉬었다.

배우라는 직업은 기다림의 연속이다. 본격적으로 무대에 서거나 방송이나 영화로 데뷔할 때까지 끊임없이 악기를 조율하듯 자신의 몸과 마음을 튜닝하며 기다리고, 막상 데뷔한 후에도 자신이 하고픈 작품을 만날 때까지 여전히 기다려야 한다. 오디션을 보면 그 결과를 기다려야 하고, 그것이 다음 작품으로 순탄하게 연결되어 굶주리지 않기를 바란다. 연습 시간을 기다리고, 나와 내가 맡은 배역의 인물이 누가 봐도 자연스럽게 조우하여 하나의 인물로 탄생하는 순간을 기다리며, 그런 내 연기에 박수를 보내줄 관객을 기다린다. 크든 작든 어떤 반향을 일으켜 배우로서의 존재감을 각인시킬 수 있는 나날이 찾아오기를 기다린다.

그 많은 배우 지망생과 기라성 같은 현역들, 굳건히 버티고 있는 선배들 사이를 뚫고 들어가 안착하는 것은 마치 수억 마리의 정자가 하나의 난자를 만나기 위해 사투를 벌이는 과정처럼 험난하다. 고생 끝에 히말라야 4500미터 고지에 올라도 소수의 운 좋은 사람만이 햇살 비친 아마다블럼히말라야 최고봉 가운데 하나로 평지에서는 보이지 않는다을 볼 수 있는 것처럼, 험난한 길을 묵묵히 올라가도 배우로서 인정받기까지는 또 다른 기적이 필요하다. 하지만 일단 4500미터 지점까지 오르지 않으면 아마다블럼의 얼굴을 볼 기회조차 없다. 어떤 결과가 기다리고 있건 간에 뚝심과 자기 확신으로 무장하고 불확실한 나날들을 견디어야 한다. 인내와 기다림을 통해 사람을 배우고, 그제야 진짜 배우가 된다.

배우가 되는 길은 외길이다. 배우는 자신의 몸을 도구로 불특정 다수의 대중에게 평가받아야 하는 직업이다. 그 수많은 눈과 귀 그리고 가슴을 채워줄 수 있는 연기가 뒷받침되어야만 배우로서의 정체성이 생긴다. 아무리 매니지먼트가 빵빵하고 인기 스타가 된다 해도 결국 좋은 배우가 되는 건 자기 몫이다. 켜켜이 쌓인 숙련의 시간들은, 언젠가 가장 높은 곳에 올랐을 때 더 이상 오를 곳이 없다는 자괴감에 빠지거나 순간의 실수로 단번에 추락할 경우에도 자신을 지켜준다.

나는 영화 〈태백산맥〉을 통해 영화배우로 데뷔했다. 당시 〈태백산맥〉은 임권택 감독님이 〈서편제〉로 예술성과 상업성을 인정받으며 단관 상영으로 백만 관객을 돌파한 최초의 작품이다 돌풍을 일으킨 직후 선택한 차기작이었기에 세간의 기대와 관심이 집중된 작품이었다. 최고의 화제작에 출연하게 된 나의 흥분과 기대는 또 어땠겠는가. 외서댁 역으로 캐스팅된 나는 촬영이 시작될 때까지 영화사를 들락거리며 나름의 준비에 여념이 없었다.

먼저 조정래 작가의 소설 『태백산맥』을 탐독하고, 작품 속 외서댁의 캐릭터에 푹 젖어들었다. 나는 연극을 할 때도 극중에 교도소 장면이 나오면 면회를 가서라도 그곳의 공기를 느끼려 했고, 정서적 결함이 있는 인물을 맡으면 의사를 찾아가 상담을 하면서 내가 연기할 인물을 이해하고자 애썼다. 영화라고 해서 묘수가 따로 있는 것이 아니었다.

지인을 통해 광주에 있는 극단 토박이 단원 한 분을 소개받았다. 작품의 배경이 된 벌교도 미리 답사하고 싶었고, 처음 도전하는 남도 사투리는 당연히 연습이 필요했다. 외서댁은 억센 사투리를 쓰는 강한 캐릭터가 아니어서 감정을 사투리에 섞어 표현하는 것이 쉽지 않았다. 벌교에 도착한 나는 녹음기를 앞주머니에 끼워놓고 서툰 전라도 사투리로 질문을 하며 시장통 할머니, 아주머니의 자연스러운 육성을 녹음했다. 그리고 테이프가 늘어날 때까지 듣고 따라하며 연습했다.

오랜 기다림 끝에 드디어 나의 첫 촬영일이 밝아왔다. 배우 방은진의 저력을 제대로 보여주겠노라는 각오와 긴장과 설렘이 뒤섞인 채로 새벽녘 촬영 버스를 타고 낙안으로 향했다. 외서댁이 사는 집은 옛 정취가 살아 있는 시골의 초가지금의 낙안읍성 민속마을였다. 분주하게 촬영 준비가 진행되는 동안 나는 의상 컨셉이 정해지자마자 내 발로 한복계의 명장 '허영' 선생님을 찾아가 직접 준비해온 의상을 입었다. 분장을 마치고 약간 모던한 방식으로 쪽을 틀자, 거울에 비친 나는 영락없는 외서댁이었다.

첫 촬영 장면은 외서댁이 대동청년단 감찰부장인 염상구에게 겁탈당한 뒤 다시 찾아온 그를 돌려보내는, 상당히 중요한 감정적 클라이맥스 씬이었다. 거울을 보며 소리 없이 되뇌었다. 염상구 나쁜 자식.

"갓시오! 갓시란 말이요! 닷시는 오지 마시랑게."

잠시 후 카메라 앞에 서게 될 줄 알았던 나는 외서댁의 감정 상태를 유지한 채 대사를 되뇌며 초조한 마음으로 촬영을 기다렸다.

꽤 시간이 흘러도 내 순서는 오지 않았다. 내가 기다리고 있는 걸 다들 아는지 모르는지. 조금씩 애가 타기 시작했다. 쪽은 졌지, 의상은 입었지. 언제 촬영에 들어갈지도 모르는 상황에서 긴장을 늦추지 못한 채 처음 와본 낯선 현장에 가까이 갈 엄두도 못 내고 서성댔다. 난방이 안 되는 오픈 세트장 분장실이 너무 추워 결국 버스로 돌아와서도 대본을 내려놓지 못하고 눈은 스태프들의 움직임만 애달프게 좇았다. 각자 맡은 바 역할이 있는 스태프들은 자기들 몫을 하느라 바빴고, 유일하게 나를 신경 써준 사람은 인물 담당 연출부뿐이었다.

"쩌그, 나는 언제 찍는 게라? 찍기는 찍는 것이제잉?"

어찌나 사투리를 입에 달고 살았던지 질문조차도 사투리로 튀어나왔다.

"감독님이 한 컷 한 컷 워낙 꼼꼼하게 찍으셔서 시간이 좀 걸려요. 더 기다리셔야 할 것 같은데, 뭐 필요한 거 없으세요?"

살가운 그의 말투도 위로가 되지 않았다. 그럴 거면 도대체 왜 이렇게 일찍 불러 분장까지 다 시켜놓고 오래 기다리게 하는 건지. 성질 급한 나는 속으로 열불이 나 펄쩍펄쩍 뛰었지만 이 사람은 또 무슨 죄가 있나 싶어 서로 어색한 웃음만 지었다.

유일하게 살갑게 대해주던 그가 바로 지금의 김대승 감독이다

그날 나는 열세 시간을 꼬박 기다려야 했다. 한 컷도 안 찍은 상태에서 나는 밥 한 숟갈 넘기지 못하는데(밥값을 못 했는데 어찌 밥을 먹을 수 있겠는가) 아무 얘기도 없이 무작정 기다리게 하는 감독님이 원망스러웠고, 때가 되면 점심 저녁을 챙겨 먹는 스태프들을 보는 것도 고역이었다. 지독한 기다림 끝에 첫 촬영이 시작되었다.

지금 생각해보면 염상구가 밤에 외서댁을 찾아오는 장면을 데이 포 나이트★로 촬영하려다가, 문을 열고 염상구가 방 안으로 몸을 들이밀 때 바깥이 밤이라는 걸 보여주어야 했기에 야간 촬영으로 변경한 게 아닐까 싶다. 물론 끝내 내게 경위를 설명해주는 사람은 없었다.

촬영을 마치자 긴장이 풀리고 피로가 몰려오면서 쓰러질 것처럼 휘청거렸다. 그토록 기다렸던 첫 촬영은 그야말로 정신없이 지나갔다. 뭔가 허탈함이 밀려오는 것이, 문장을 다 쓰고 마침표를 찍지 않은 느낌이었다.

그날 모든 촬영이 끝나고 감독님이 나를 부르셨다.

"방은진이가, 이런 배우로구나……."

더듬더듬 말씀하시던 그 짧은 한마디는 명백한 감탄조의 칭찬이었다. 내 연기를 마음에 들어 하신 거다. 벅찬 감정을 억누르며 나는 고개를 숙인 채 배시시 웃기만 했다.

'고맙고만잉, 징하게 감사혀요. 감독님!'

내가 그토록 기다렸던 영화배우 인생의 첫 페이지는 그렇게 마침표를 찍었다.

★데이 포 나이트
실내 씬의 경우에 암막을 치고 밤 장면을 찍는 것을 말한다. 야외 씬도 낮에 찍고 색을 보정해 밤 장면으로 가공하는 경우가 있다.

라마는 결국 나를 이겼다. 성질 급한 내가 도저히 더는 기다릴 수 없었던 것이다. 아홉 시간 가까이 화장실 안에 갇혀 있었던 라마를 데리고 바깥으로 나갔다. 밖에 나오자마자 라마는 참았던 배변을 시원하게 해결했다. 보고 있던 내가 다 시원할 만큼.

곰곰이 생각해보면 원인을 제공한 것은 나였다. 처음 집에 데려온 날 라마는 침대 매트리스 속까지 푹 다 젖을 만큼 흥건하게 사고를 쳤다. 그때 내가 꽤 심하게 야단을 쳤더랬다. 그날 이후 라마는 절대 실내에서 배변을 하지 않았다. 종일 혼자 집에 있을 때 볼일을 볼 수 있게끔 화장실을 마련해줬는데도 소용이 없었다. 나는 라마가 훈련 학교에 있을 때 소장님께 심각하게 상담을 했다.

"얘가 도무지 실내에서 화장실에 안 가는데 어떻게 하면 좋을까요?"

난감하게도 학교에서는 실내 화장실도 이용한다고 했다. 즉, 집에서만 절대 볼일을 안 보는 거였다. 마침 영화사에 출근하던 무렵이었으니 나는 어쩔 수 없이 무한 참을성을 지닌 라마와 함께 출퇴근을 하게 되었다.

일만 시간의 법칙

"라마, 가자."

라마는 노란 은행잎이 푹신한 주단처럼 깔려 있는 공원에서 이리저리 몸을 굴리며 한참을 놀고 있었다. 라마가 기분 좋을 때 내는 소리가 있다. 사람은 절대 흉내 낼 수 없는 늑대과 동물이 내는 소리. 으르렁거리는 것도 아니고 울부짖는 것도 아닌, 몸속 깊은 곳 어디에선가 끌어 올린 소리를 내며 즐겁게 뒹굴고 있는 라마의 모습을 보면, 저렇게 발랑 누워 뒹굴면서 노는 것이 뭔가 자기 나름의 스트레스 해소에 도움이 되는 게 확실하다.

내가 그만 가자고 외치자 라마는 조금 더 자신만의 위락을 즐기다가 후드득 몸을 털고 일어서서 나에게 다가왔다. 라마에게 목줄을 걸고 내가 앞서 걷자, 라마는 어느새 내 왼쪽에 와서 보폭을 맞춰 걸었다. 문득 라마가 왜 항상 나의 왼쪽에서만 걷는 것인지 궁금해진 나는 라마가 졸업한 도우미 개 학교의 소장님께 전화를 걸어 물어보았다.

"그건 인간들 가운데 오른손잡이가 더 많아서입니다."

오른손잡이인 사람에게는 왼손으로 줄을 잡고 오른손으로 수신호를 주는 것이 편리하기 때문이란다. 더 심오한 이유가 있을 줄 알았건만. 개를 훈련시키는 방법이 전통적으로 이어져 내려온 군견 훈련 방식에서 비롯된 것이라 왼손잡이인 사람도 여기에 맞추어야 한다고 했다. 뿐만 아니라 사투리를 쓰는 사람의 경우에는 개를 훈련시킬 때만큼은 표준어를 사용해야 한다고 하니, 여러 모로 감수해야 할 것이 많다 하겠다.

라마는 석 달이라는 짧은 기간 동안 훈련을 받았을 뿐이지만 그때 터득한 방식으로 십사 년간 내 곁을 지켰다. 큰 개들은 개를 싫어하거나 무서워하는 사람들에게 위화감을 주는데, 잘 훈련된 개들은 사람들을 안도시킨다. 라마는 자신이 타고난 본성과 길들여진 습성을 조율하여 인간들이 득세한 이 세상에서 많은 사람들에게 사랑을 받으며 지내왔다. 누군가에게 사랑받는 데에는 특별한 훈련이 필요하지 않지만, 만약 라마가 화재 현장이나 전쟁에 투입

되는 전문견으로 길러졌다면 자기 몫을 다하기 위해 수많은 시간을 훈련에 쏟아야 했을 것이다.

자신의 직업 분야에서 성공한다는 것은 어떤 일일까? 영화배우 데뷔작이었던 〈태백산맥〉을 찍으면서 배운 것도 많지만, 촬영하는 동안에는 이대로 계속 영화배우의 길을 갈 것인가 말 것인가 고민했다. 크랭크인이 지연되고 촬영 기간이 늘어나면서 후반 촬영 때는 뮤지컬 〈지하철 1호선〉 공연과 스케줄이 겹치는 상황이 벌어지기도 했다. 지방 촬영과 서울 공연을 병행하는 와중에 몇 시간을 현장에서 대기만 하다 내 속이 전소되었던 적도 있다. 대개는 날씨나 일조 및 일몰 시간, 소품이나 현장 상황 때문이었는데, 이럴 땐 누구를 탓할 수도 없었다. 정해진 시간에 연습을 하고 정확한 시간에 막이 올라가는 연극배우 생활에 익숙하던 나는 연극 무대와 사뭇 다른 촬영 현장에 쉽게 적응이 되지 않았다. 게다가 영화가 개봉할 무렵에는 원래 2부작으로 기획되었던 작품이 축소되면서 외서댁의 역할마저 캐스팅 당시와는 확연히 달라져버려 자존심에 상처까지 입은 터였다. 연극배우로만 사는 게 나에게 맞지 않을까 고민하던 차에 문성근 선배의 조언을 들었다.

"나도 첫 영화 찍을 때는 그런 걸 느꼈어. 그런데 계속 하다 보니 영화와 연극은 그렇게 다른 거더라. 그러니 다른 맛으로 즐겨봐."

선배의 말을 믿고 나는 두 번째 영화로 〈301, 302〉를 택했다. 당시 스타였던 황신혜 선배와 투 탑으로 캐스팅되면서 첫 주연을 맡게 된 것이다. 주연급 여배우를 둘 이상 기용한 영화가 거의 없던 무렵, 이 영화는 스토리에서부터 제작 방식에 이르기까지 모든 것이 상당히 파격적이었다. 자신의 실험정신이 담긴 독특한 스토리를 추구해온 박철수 감독님은 외부의 간섭을 받지 않고 준비된 배우와 작업하며 짧은 시간 안에 영화를 완성하고자 하셨다.

나는 감독님이 각색 작업을 하실 때부터 가까이서 지켜보며 송희라는 역할을 만들어나갔다. 302호에 사는 윤희는 어릴 적 트라우마 때문에 거식증에 걸렸고, 301호에 이사 온 송희는 폭식증에 걸려 끊임없이 음식을 만드는 인물이다. 폭식증에 걸려 살찐 송희를 연기할 때는 데스마스크석고로 얼굴형을 뜬 다음 폼으로 실제와 흡사하게 가면을 만들었는데 한국 영화로는 최초의 시도였다.를 쓰고 스펀지와 폼으로 만든 바디를 입었다. 또 피눈물 나는 다이어트로 약간 살이 빠진 송희를 연기할 때는 레진으로 성형한 치아보조기를 물고 연기를 해야 했다.

가장 큰 문제는 〈태백산맥〉을 찍을 때와 전혀 다른 카메라 움직임에 도무지 내 동선을 파악할 수 없게 된 것이었다. 박 감독님 영화에는 클로즈업이 잦은 편이었는데, 격한 연기가 많았던 내 촬영 때 감정을 주체하지 못한 내가 앵글 밖으로 벗어나거나 움직임이 너무 커서 포커스가 맞지 않는 일이 종종 발생했다. 나는 거침없이 밀고 들어오는 카메라에 당황했고, 트랙레일을 깔아 카메라 등을 이동할 수 있게 만든 장비 위를 걸으며 연기를 하다 보니 걸음걸이가 부자연스러워지기도 했다. 카메라가 멈추는 위치와 내가 서서 연기하는 위치는 반드시 합이 맞아야 하는데, 그 마킹 지점카메라 앵글에 맞춰 배우가 서야 하는 지점을 놓치기 일쑤였다. 나는 "컷! 컷!"을 외치는 목소리에 점점 움츠러들었고, 감정선마저 제대로 표현하지 못하는 순간들을 숱하게 겪었다. 〈태백산맥〉을 찍고 나서 결국 연극이나 영화나 연기하는 건 매한가지라고 자신 있게 말했던 나는 적잖이 당황했다. 영화 연기에 대해 아는 것도, 배운 것도 없다는 사실을 비로소 깨달은 것이다.

〈301, 302〉를 촬영하면서 영화 연기를 하려면 영화가 만들어지는 과정을 어깨너머로라도 배울 필요가 있겠다고 생각했다. 박 감독님은 렌즈가 몇 밀리미터인지 알면 그 샷의 구도를 알 수 있다고 힌트를 주셨다. 나는 촬영 모니터를 볼 시간에 카메라의 렌즈가 어떤 것으로 바뀌는지를 더 눈여겨보게 되었다. 카메라 렌즈의 종류에 조금씩 익숙해지자 비로소 어떤 샷에서는 어떻게 연기를 해야 하는지 감이 오기 시작했다.

나는 후반 작업 내내 줄기차게 감독님을 따라다니면서 편집 과정을 지켜보았다. 박 감독님은 편집기사와 함께 직접 네가 커팅*을 하셨다. 사운드와 믹싱 작업을 지켜보면서는 사운드의 정교함이 작품의 완성도에 얼마나 중요한 영향을 미치는지 알게 되었고, 그 과정에서 내가 상당히 예민한 귀를 가졌다는 사실도 발견했다. 아무도 알아채지 못한 희미한 벨소리(화면과 무관한)를 잡아내는 작은 쾌거를 이루었기 때문이다. 이렇게 해서 나는 처음으로 영화가 어떻게 만들어지는지 체감할 수 있었다.

박 감독님과 연이어 두 작품을 더 하면서 영화 연기를 조금 더 체계적으로 공부하고 싶어졌다. 영화 연기에 대해 전문적인 내용을 다루고 있는 책이 있는지 알아보았지만, 나에게 꼭 필요한 책은 없었다. 서점의 영화 관련 서가 대부분을 차지하고 있는 것은 촬영이나 조명 같은 기술 관련 서적이나 시나리오 작법에 관한 책들이었다. 그러던 중 나는 뉴욕의 한 서점에서 『스크린 연기의 비밀*Secrets of Screen Acting*』이라는 책을 발견했다. 그림도 단순했고, 난해하지 않은 문장은 내 영어 독해 수준에 딱 맞았다. 무엇보다 저자 패트릭 터커는 자신의 경험을 바탕으로 무대와 스크린의 차이를 명확하게 지적하고 있었다. 또한 배우로서 절대 하지 말아야 할 것, 감독과 배우의 관계와 캐스팅의 속성까지도 세세하게 다룬

★네가 커팅
수작업으로 필름을 자르고 붙이는 스텐백 편집 때, 촬영한 필름에서 오케이 컷 부분을 프레임별로 잘라 내는 작업. 요즘은 디지털 편집으로 바뀌어 이런 방식은 박물관의 영상자료를 통해서나 볼 수 있다.

이 책은 내게 하늘에서 내려온 한 가닥 동아줄과 같았다. 몇 번을 읽고 또 읽으면서 나는 그간의 목마름을 해갈할 수 있었다.

국내에는 이런 책이 없다는 아쉬움이 계속해서 마음 한구석을 떠나지 않았다. 분명히 나와 같은 고민을 하고 있는 사람들이 있을 텐데, 어떻게든 이 책에서 얻은 값진 가르침을 동료들과 후배들과 공유하고 싶었다. 그러던 차에 지인의 도움으로 출판사를 소개받아 번역을 맡게 되었다.

번역은 실로 지난한 작업이었다. 낮에는 단편영화 연출부로 종일 뛰어다니다가 밤늦게 집에 돌아가면 졸린 눈을 부비며 두세 페이지씩 번역을 했으니 주경야독이 따로 없었다. 그러나 나는 애타게 책을 찾아 헤매던 그때의 절실함과 소명감으로 무식하게 번역을 마쳤고, 1999년『스크린 연기의 비밀』이 출간되었다.

『아웃라이어』의 저자 말콤 글래드웰은 어떤 분야에서 성공하기 위해서는 하루에 세 시간씩 꾸준히 십 년을 투자해야 한다며 '일만 시간의 법칙'에 대해 이야기했다. 배우로서 그리고 감독으로서 내가 사랑하는 일에 쏟아부은 시간은 어느새 일만 시간을 훌쩍 넘겼다. 그러나 나는 아직 성공이라는 궤도에 미처 올라서지 못했다. 여전히 나의 역작을 향해 가는 과정에 있다. 그러나 그 과정에서 나는 우리의 인생 전반을 아우르며 좀처럼 예측하기 어렵게 설계

되어 있는 어떤 규칙성을 발견했다.

거창한 것은 아니지만, 그 규칙은 지독한 외로움에 외곬이 되어 가던 내가 연극반에서 연기에 대한 열망을 처음 품었던 그때로부터 시작되었다. 나는 무명의 보따리장수 연극배우로 오 년을 버티고 대가의 작품에 출연했고, 오 년간의 수련을 거쳐 영화감독이 되었다. 전혀 내가 의도하지도 예상하지도 않았던 방향으로 내 삶은 기묘하게 연결되고 있었다. 수없이 많은 갈림길에 섰을 때 그저 우직하게 선택했던 작은 우연들이 이정표가 되어주었다.

내가 그것을 깨닫게 된 건 『스크린 연기의 비밀』을 출간하고 오 년 후, 서울예대에서 카메라 연기를 가르치면서였다. 벌써 선생으로서도 일만 시간을 보낸 셈이다. 만약 어떻게든 일만 시간을 채워야 한다는 일념으로 살았다면 나는 한참 전에 지쳐 나가떨어졌을지도 모른다. 그저 돌아서지 않고 꾸준히 현재를 견디어왔을 뿐인데, 어느새 나는 일만 시간을 가르친 선생이 되어 있었다.

이 규칙을 발견한 사람은 나뿐만이 아니다. 『탤런트 코드』라는 책에서 대니얼 코일은 반복된 훈련과 시간 투자의 결과가 나를 또 다른 어떤 모습으로 만들어준다고 했다. 곰곰이 생각해봤다. 일만 시간의 법칙을 지키는 것은 나한테도 거의 불가능에 가까운 어려운 일이었을 것이다. 어떻게 그랬을까? 어떻게 그럴 수 있었을까? 그런 법칙이 있는지도 몰랐던 내가 어떻게 그 긴 시간을 한 가지

목표에 쏟아부을 수 있었을까? 나도 모르는 사이 그 시간이 세월이 되어 지나고 보니 떠오르는 순간순간마다 미소를 머금게 된다.

그러니까 나는 그저 재미있었던 거다. 어려웠기에 더 재미있었다. 질릴 짬이 없을 정도로. 재미있게 살려면 그 정도의 어려움은 겪어야 한다고 믿었던 것뿐이다.

4부

우리는 모두 자신의 역작을 기다린다

우리들만의 천국이었어

데뷔의 순간

“바다다! 라마야!”

한적한 동해 바다였다. 여름이었지만 끝물이라고나 할까? 그래도 뒤늦은 휴가를 즐기는 사람들이 있을 성싶어 일부러 유명 해수욕장을 피해 잔교리 해수욕장으로 향했다. 해변 구석으로 가서 라마를 풀어놓고, 내가 먼저 바닷속으로 달려들었다. 라마는 신나게 내 뒤를 쫓아오다 파도 끄트머리에서 오도 가도 못했다. 처음 본 바다, 낯선 파도 소리, 엄청나게 널따란 하늘. 주인은 파도를 헤치며 점점 멀어지는데, 라마는 차가운 물에 겨우 앞발을 담갔다가 밀려오는 파도에 놀라 뒷걸음질 치기를 반복했다.

"라마야, 너 레트리버 맞아? 레트리버는 물오리 사냥할 때 사냥감을 물어가지고 오는 역할이란 말이야!"

라마는 내 목소릴 듣고 낑낑거리다가 급기야는 나를 향해 짖기 시작했다. 나는 라마가 뭐라고 외치고 있는지 알 수 있었다. 처음에는 '안 돼, 무서워. 거기서 나와!' 하다가 톤을 바꾸고는 '왜 나를 두고 가는 거야? 이쪽으로 오라고!' 한다. 나는 키들거리며 라마가 있는 모래사장으로 나왔다. "라마야, 바다야 바다"라고 다독이며 슬쩍 물가로 끌어당기니 다리에 힘을 주고 절박하게 버틴다.

"라마야. 너 수영시키려고 일 년을 기다렸다, 이 엄마가!"

이건 뭐, 내가 자기를 사지로 몰고 가는 저승사자라도 되는 것처럼 눈망울에 두려움이 가득하다. 나는 마지막 보루로 라마가 제일 좋아하는 테니스공을 꺼내 들었다. 일단 백사장을 향해 공을 던졌다. 날아가는 공을 따라 라마는 하얀 백사장에 발자국을 콕콕 찍으며 신나게 달렸다. 풀밭과도 다르고, 흙길과도 다르고, 무엇보다 시커먼 아스팔트랑 전혀 다른 그 느낌을 만끽하면서 안도하는 것 같았다. 그렇게 몇 번쯤 백사장에서 공을 던지며 놀아주다가 드디어 바다를 향해 공을 던졌다. 경계심 없이 공을 따라 뛰던 라마는 저도 모르게 바다에 첨벙 빠지더니 이내 두둥실 떠올랐다. 라마의 황금빛 털이 물살에 이리저리 흐트러졌다. 헤엄을 친다기보다는 본능적으로 물속을 열심히 걷던 라마는 금세 파도를 헤치고 공에 가까이 갔다. 좋아하는 것을 좇다 보니 공포심마저 이겨낸 것이다. 아, 이 순간을 얼마나 고대했던가. 저 짭조름한 바다에 라마를 담그게 되기를.

우리가 느끼는 '공포'에는 두 가지 형태가 있다. 경험해보지 못한 미지의 것에 대한 공포와 과거의 경험이 남긴 혹독한 기억이 가져오는 공포. 전자는 그 관문을 성공적으로 넘어서면 사라지게 마련이고, 후자는 어지간히 독한 마음을 먹지 않으면 극복하기 힘들다. 나의 감독 데뷔작 〈오로라 공주〉가 내게 선사한 공포는 전자에 해당했다. 영화를 만든 이들의 노력과 영화의 완성도가 반드시 성공을 보장해주는 것은 아니기에 그 공포는 여전히 현재 진행형이라고 볼 수 있다.

내가 감독 출사표를 던지고 데뷔하기까지 오 년이 걸렸다. 처음 받아든 『떨림』은 결국 원작을 상업적으로 풀어내는 데 실패해 그만두게 되었고, 그러고 나서 두 차례 아이템을 바꾸고 나니 이 년 반이 훌쩍 지나버렸다. 이후 캐스팅과 투자 결정 단계까지 이르고도 끝내 결실을 보지 못한 작품 〈첼로〉를 진행하면서 또 시간이 흘렀다. 나의 감독 데뷔는 점점 미궁 속으로 빠져들었고, 어느덧 2004년이 되었다.

당시 〈첼로〉는 김미숙 선배님과 현재 브라운관에서 왕성하게 활동하고 있는 정유미를 캐스팅했다. 문제는 남자 배우였는데, 결국 투자자의 마음에 쏙 드는 배우를 캐스팅하지 못했다. 〈첼로〉의 투자사였던 시네마서비스는 한때 코스닥에 상장할 정도로 덩치를 키웠다가 그 무렵 다시 원래의 규모로 돌아오는 과정에 있었다. 한마디로 그다지 시기가 적절하지 않았다는 이야기다. 투자가 결정나고 스태프와 배우의 계약이 이루어지면 소위 총알 장전이라 할 수 있는 예산이 집행되어야 하는데, 자금이 동결되고 시간만 유야무야 흘러갔다. 그때만 해도 나는 호기롭게 내 새끼연출부들을 챙기곤 했던지라 빚을 내서 가계약금을 주기도 했다. 예산이 집행되어야 작품이 돌아갈 수 있다는 건 꿈에도 몰랐던 것이다. 콘티 작업이 끝나갈 무렵 청천벽력 같은 소식이 전해졌다. 빌미는 남자 배우의 캐스팅이었지만, 투자가 끊기면서 〈첼로〉는 중단되었다.

감독이 되는 걸 포기해야 하나 어쩌나 수많은 갈등 속에 엎친 데 덮친 격으로 눈앞 생활의 곤궁함까지 나를 조여왔다. 당시 대중교통이 다니지 않는 경기도 외곽에 살고 있던 나는 기름값이 없어 밖에 나갈 수 없는 지경에 이르렀다. 그러던 어느 날, 명계남 대표님이 나를 불러다가 한 편의 시나리오를 내밀었다. 시나리오 제목은 〈입질〉. 강우석 필름아카데미에서 개발한 시나리오로, 강 감독님이 나를 지목해 이 작품을 연출해주면 좋겠다고 했다는 것이다.

"아, 강 감독님. 저를 어디까지 시험하시려는 겁니까!"

나도 모르게 튀어나온 말이었다. 그리고 한 달여를 고민했다. 감독 자신의 오리지널 시나리오가 아닌 작가 시나리오를 받아든다는 것은 각본 겸 감독이라는 타이틀을 포기한다는 의미다. 영화 작가가 되는 것이 아니라 영화감독이 되는 것. 그것은 우리 같은 감독들에게는 크나큰 선택의 기로다. 하루 이틀 고민해서 사뿐히 결정할 수 있는 사안이 아니었다. 그러나 나를 믿고 작업에 동참하기로 했던 스태프들이 눈에 밟혔다. 어차피 각색이라는 지난한 과정을 거치려면 최소 반 년에서 일 년은 더 걸릴 터였다. 그들의 거취 문제도 걸려 있는 사안이었다. 나는 이창동 감독님을 찾아갔다. 당시 감독님은 문화부장관에서 물러나 영화계에 복귀하신 참이었다.

"무조건 받아라. 그걸 받아서 방은진화 하면 된다."

자존심도 자존심이었지만, 사실은 무서웠다. 공포를 느꼈다는 게 더 맞는 말일 게다. 어쩌면 내가 감독을 할 역량이 안 되는 사람인데 너무 오래 버텼나 보다라는 생각이 나를 사로잡았다. 당시로서는 생경했던 여배우 출신의 감독. 나는 내 연기보다 못한 작품을 만들까 봐 두려웠다. 그리고 배우로서의 황금기를 흘려보내고, 단편영화 조연출을 택했던 내 선택이 치기가 아니었는지 두려웠다. 한 번도 가보지 않은 길 입구에서 주저앉아 있던 나는 이창동 감독님의 조언을 따르기로 했다. 나우필름의 이준동 대표님도 나를 응원해주셨다. 주류장벽을 넘어라. 방 감독은 할 수 있으니!

끝까지 가보지 않으면 과연 감독이 내 인생의 길인지, 아니면 하던 대로 연기나 하며 살라는 평가를 들을지 검증해볼 수 없을 터. 두 다리가 휘청거릴지라도 공포를 딛고 일어나야 했다. 때로는 공포가 앞으로 한 발 더 나아가게 하는 강력한 촉매 역할을 하기도 한다. 물론 거기에는 당면한 과제에 대한 호기심과 오기, 자존심이 동반되어야 한다. 스스로 선택한 바를 포기하는 것은 나 자신을 포기하는 것과 마찬가지라는 지독한 자기애도 있으면 좋다. 발을 내딛은 곳은 하필 사막. 바람에 따라 사막의 지형은 시시각각 변한다. 과연 저 아득한 사막 어딘가에 청명한 오아시스가 있을지, 있다 해도 과연 도달할 수 있을지에 대한 불안이 시시각각 암세포처럼 자라난다. 그럼에도 불구하고 나는 앞으로 나아가보기로 했다. 가보지 않으면 영영 알 수 없을 터이기 때문이었다.

그 작품 〈입질〉이 바로 〈오로라 공주〉의 오리지널 시나리오이다. 막상 결심하고 보니, 나를 믿고 끌어주었던 스태프들이 여전히 내 곁을 지켜주고 있었다. 천군만마와 같은 그들을 뒤에 업고 나는 다시금 녹록지 않은 시나리오와의 전쟁을 치렀다. 각색자도 붙여보고, 혼자서 몇 번의 수정 시나리오를 쓰기도 했다. 그 과정에서 투자사의 의견은 분분했고, 감독 교체설까지 대두되었다. 또 다시 벼랑 끝으로 몰려가던 내 앞에 흑기사처럼 나타난 분이 바로 이창동 감독님이다. 그간의 시나리오 작업을 가까이서 지켜보셨던 감독님은 조용히 나를 부르셨다.

"방 감독, 내가 웬만해서는 이런 말 안 하는데 당신은 감독으로서 잘 만들 거야."

"힘 다 빠졌어요. 어떻게 헤어 나올지 모르겠어요. 감독님, 저도 이제 곧 마흔이에요."

"이보게, 나는 마흔셋에 데뷔했어. 주류 상업영화의 장벽을 넘어보자는 거잖아. 처음부터 다시 써봐. 내가 도와줄게."

처음부터 다시 쓰라는 건 지금까지 올라왔던 곳을 내려가 다른 길로 가라는 거였다. 그 말은 지금까지 보낸 사 년이란 시간을 다 버리라는 것처럼 들렸다. 정말 한강에라도 뛰어들고 싶은 심정이었다. 하지만 나는 이 감독님의 혹독한 조언과 칭찬을 에너지 삼아 어떻게든 한 작품은 완성해야 내가 영화 만드는 작업을 좋아하는지, 감독으로 쓰임새가 있는지를 알 수 있을 거라 여기고 마음을 다잡았다. 일종의 체념이었고, 동시에 새로운 용기이기도 했다.

2004년 크리스마스이브, 드디어 투자사의 시나리오 승인이 떨어졌다. 그때부터 모든 일이 일사천리로 진행되었다. 촬영은 최영환, 조명은 김성관, 동시녹음은 강봉성, 음악은 정재형, 미술은 전수아. 영화계의 최정예 멤버들로 드림팀이 꾸려졌고, 배우 캐스팅도 순탄하게 진행되었다. 특히 내가 감독 데뷔작을 찍는다는 소식에 연극계 선배들과 동료들이 발 벗고 나서주었다. 최종원 선생님, 지금은 고인이 된 박광정 선배, 장현성, 권오중까지 적은 출연료에도 마다하지 않으며 출연해주기로 했다. 유혜정과 현영도 작은 역할이었지만 흔쾌히 합류해주었다. 그렇게 크랭크인 날짜가 눈앞에 다가왔다.

크랭크인은 2005년 3월 14일이었지만, 그보다 먼저 감독 데뷔를 실감했던 건 테스트 촬영 때였다. 그날 주연 배우들과 스태프들이 여의도 인근 거리에 모였다. 아리플렉스 535 카메라와 렌즈 세트, 발전차를 대동하고 영화의 전체적인 톤을 정하기 위해 테스트 촬영을 했다. 본 촬영도 아니고 그리 춥지 않은 2월 말이었는데, 제작부는 강력 온풍기에 감독 의자, 메가폰과 경광봉까지 동원했다. 녹음이 필요 없는 테스트 촬영에 "조용히 해주세요"를 연발하던 제작부. 나는 오버하지 말라고 이르면서도 이번에야말로 중단되거나 주저앉을 일은 없겠다는 안도감에 울컥이는 가슴을 부여잡았다. 모두들 감개무량한 마음으로 테스트 촬영을 마쳤고, 얼마 뒤 무탈하게 본 촬영이 시작되어 나는 비로소 감독 자리에 앉아 있었다. 그토록 기다려왔던 그 현장에 마침내 도착한 것이다.

〈오로라 공주〉 촬영은 힘든 작업이었다. 야외 촬영 장소도 많은 편이었고, 영화 속 살인 현장이라는 이유로 장소 섭외 또한 수월하지 않았다. 그중에서도 압권은 주인공 정순정이 변호사를 납치해서 최후의 범죄 행각을 벌이는 매립지 장면이었다.

청주 매립지의 전폭적인 지원을 받아 장장 아흐레 동안 진행된 이 촬영은 가만 생각해보면 말도 안 되는 작업이었다. 매립해야 할 쓰레기들을 일주일분 이상 쌓아 올리고, 거기에 크레인을 세우고 배우를 포박해 매달기를 수십여 차례. 지면이 단단하지 않아 차를 대기도 쉽지 않은 곳에 수십 대의 경찰차와 방송 차량을 배치했다. 백여 명이 넘는 스태프들과 수많은 보조 출연자들이 쉴 수 있는 휴식 공간도 없는 곳이었다. 악취와 부패 가스가 올라오는 쓰레기 벌판에서 야식을 먹었으며, 새벽이면 쓰레기 냄새가 물씬 나는 안개가 피어올라와 몸과 발이 축축해졌다. 씬 전체가 밤 촬영이었으니 해가 지면 촬영을 시작해 동이 트면 철수했다. 촬영이 끝나면 온몸에 밴 쓰레기 냄새에 서로 다가갈 엄두도 낼 수 없었던 현장이다. 그런데 우리에겐 그 모든 어려움을 이겨낼 이상한 열기 같은 것이 있었다. 자잘한 사고와 부상이 끊이질 않고 까딱하면 폭발 사고까지 일어날 수 있는 위험한 상황에서도, 한 장면 한 장면을 만들면서 배우들은 스태프들에게 감동하고 스태프들은 배우들에게 감동했다. 모두가 함께 최악의 여건을 묵묵히 견뎌준 끝에 〈오로라 공주〉는 태어났고, 내게 지금까지 감독으로 살아남을 수 있었던 힘과 자신감을 주었다.

데뷔의 순간부터 지금까지, 수많은 고비들은 언제나 기다림을 동반했다. 영화는 나 혼자의 각오나 결정으로 이루어지는 작업이 아니다. 복잡한 이해관계로 엮여 있는 사람들의 동의를 거치면서 많은 사람의 능력과 노력을 바탕으로 만들어진다. 그런 일련의 작업을 겪으며 내가 얻은 가장 큰 교훈은 그 절박한 기다림의 시간을 누군가와 더불어 견딘다는 것이었다. 숭고하다고 해도 과언이 아닌 그 참맛을 경험한 사람이라면 누구나 영화 작업의 매력에서 헤어 나올 수 없다. 영화 한 편의 작업 기간은 한 사람의 인생에 비하면 터무니없이 짧다. 그러나 모두가 함께 꾸는 꿈이 완성되는 순간, 그 시간 속에 머물 수 있다는 것은 무엇과도 바꿀 수 없는 달콤함이다. 살맛을 넘어선.

바닷가에서 우리가 첫 수영을 했던 날, 라마는 나를 향해 헤엄쳐 와 안간힘을 다해 나를 잡으려다 발톱으로 내 온몸을 할퀴고 말았다. 번쩍 안아 올려 단단하게 붙들어주었는데도 라마는 손발의 놀림을 멈추지 않았다. 뿐만 아니라 입에 물고 있던 공 때문에 바닷물을 콸콸 마셔야 했음에도 불구하고 기어이 공을 놓지 않았다. 뭍으로 나온 라마는 들이마신 바닷물과 미역 줄기들을 꾸역꾸역 토해냈다.

"앗, 차가워! 으앗, 따가워!"

젖은 몸을 햇빛에 구워보려고 의자에 앉아 있는 내게로 축축한 모래 뭉치가 날아왔다. 파라솔 그늘에 앉아 슬금슬금 모래를 건드리던 라마가 아예 작정한 듯 과감하게 모래를 파헤치기 시작한 것이다. 그때까지 한 번도 땅을 판 적이 없는 라마였다. 한참을 파내니 젖은 모래가 나왔다. 라마는 끙 소리를 내며 그 위에 철퍽 배를 깔고 누웠다. 한동안 그 자세로 쉬려는 모양이었다. 나도 들고 간 책 한 권을 펼쳐들었다. 바람이 솔솔 불어와 내 뺨과 젖은 라마의 털을 쓰다듬어주었다. 어느새 그곳은 우리들만의 천국이 되었다.

그때부터 우리는 매년 바다를 찾았다. 라마는 그 후로 더 이상 바다를 두려워하지 않았고, 오히려 나보다 먼저 바다에 뛰어들어서는 공이 날아오길 기다렸다. 그런 라마가 이젠 제대로 걷지도 못하는 나이가 되었다니.

요즘 나는

우주에서 영화를 만드는

꿈을 꾼다

여자 강우석에서 감독 방은진으로

"라마는 성이 드예요? 파노예요?"

몇 해 전 겨울, 스노보더들 사이에서는 내로라하는 '헝그리 보더' 멤버 몇 명이 뜬금없이 물었다. 가만 있자, 성이 드라면 '드라마', 파노라면 '파노라마'? 보더들이 선호하는 휘닉스파크의 파노라마 코스라도 된단 말인가? 나 참! 나는 그들의 발칙하고 귀여운 상상에 와르르 웃으며 답했다.

"아니에요. 달라이 라마의 라마."

"아아. 심오한 이름이네요."

"그래서 생각이 많아요."

달라이 라마의 '달라이'는 몽골어로 바다, '라마'는 티베트어로 영적인 스승이란 뜻이다. 현존하는 14대 달라이 라마는 티베트 불교라마교 겔룩파의 종주이자 일흔 번이나 환생한 부처의 화신이다. 그런 경외로운 이름을 개 이름으로 쓴 것을 아시게 된다 해도 그분이라면 '당신이 행복하다면 얼마든지'라고 짧게 답해주시리라.

그런데 사실 라마의 이름은 다른 곳에서 유래했다. 라마와 만나기 전, 나는 인도네시아와 인도를 여행하면서 장편 서사시 「마하바라타」와 「라마야나」를 알게 되었다. 서사시에서 라마는 코살라 왕국의 용맹한 왕자이며 힌두 신화의 주신主神인 비슈누의 일곱 번째 화신으로 등장한다. 나는 그 책을 읽으며 양성모음 두 개로 이루어진 라마라는 이름이 부를 때마다 밝은 어감으로 양의 에너지를 전해준다는 느낌을 받았다. 라마의 이름은 거기에서 따온 것이다. 평소 요가를 마칠 때 나는 합장을 한 채 나와 세상 모든 존재의 평화를 기원하는 산스크리트어 '옴 샨티, 샨티, 샨티'를 읊조린다. 그때마다 설명할 수 없는 평화로움과 행복을 느낀다. 나에게 라마라는 이름은 그런 평화와 행복을 가져다주는 소리였다.

그러나 매번 이렇게 장황하게 설명하기가 번거로워 간단히 달라이 라마라고 둘러대다 보니 어느새 달라이 라마는 라마의 별칭이 되었다. 어쩌면 덕분에 라마가 죽을 고비를 여러 번 넘길 수 있었던 건 아닐까?

나에게도 별칭이 두 개 있다. 배우로서 활동할 때는 '여자 문성근'이었고, 감독으로 데뷔하고 나서는 '여자 강우석'이라는 별칭이 붙었다(두 분 다 절친한 사이이기에, 내가 별칭 얘기를 했을 때에는 그저 허허 웃으셨다). 한 사람에게 가져다 붙이기에는 너무나 극과 극의 캐릭터가 아닌가.

'여자 문성근'. 사실 문성근 선배의 행보에는 분명히 어떤 성향이 두드러졌다. 그는 다른 배우들이라면 쉽사리 수락할 법한 상업영화의 출연 제의는 거절하고, 시나리오를 까다롭게 분석하여 연기해야 하는 어려운 역할들을 주로 맡아왔다. 그리고 그 이면에는 뭔가 사회 참여적인 배우라는 함의가 담겨 있었다. 하긴 예전에 선배는 문익환 목사님의 아들답게, 언젠가 통일이 되면 이북의 개성군수가 되는 게 꿈이라고 반쯤 농담처럼 말하기도 했다. 같은 연극배우 출신인 데다가 출연했던 영화들만 나열해도, 내가 걸어온 궤적은 문 선배의 그것과 분명 닮은 구석이 있을지 모르겠다.

'여자 강우석'. 이 별칭은 데뷔작 〈오로라 공주〉를 찍을 때 함께 작업했던 남종우 프로듀서가 현장에서 나를 겪으며 지어준 것이다. 〈오로라 공주〉의 첫 촬영 날에는 촬영 계획표보다 두 시간 일찍 그날의 촬영 분량을 찍어냈고, 이후에도 까다로운 촬영 몇 회를 제외하고는 대부분 스케줄대로 혹은 그보다 빨리 찍어서, 강우석 감독님 현장처럼 진행 속도가 빠르다며 붙여진 이름이다. 강 감독님은 나의 첫 제작자이자 투자자였으며, 한때 시네마서비스에서 같이 작품 개발을 했던 시절까지 돌이켜보면 이래저래 남다른 인연이다. 그런데 강 감독님은 참 여자에 대해 잘 모르시고 쑥스러움도 많으셨다. 강 감독님의 가계도를 살펴보면 장윤현, 김상진, 장진 감독 같은 이들이 있는데, 매년 감독님의 호출에 함께 모여 교류를 한다고 했다. 한번은 "저도 감독님 새낀데, 왜 저는 부르지 않으세요?"라고 여쭸더니, "당신이 여자라 그래" 하고는 빙그레 웃으셨다. 이 무슨 망언인지. 그러나 이 또한 그분의 성향인 것을 어찌하리. 강 감독님의 영화에서 어디 여배우가 주인공으로 돋보였던 적이 있더냐 말이다.

〈오로라 공주〉 현장에서 나는 여자의 모습을 한 남자 감독이었다고 한다. 굳이 남자처럼 보이려 노력한 것은 아니지만, 여배우 출신이라는 수식어를 달고 데뷔하는 입장이라 본능적으로 더 거칠게, 더 강단 있게, 더 세게 현장을 뛰어다녔던 것 같다. 내가 발 빠르게 행동하면 현장에서 누구도 뒷전에 물러앉아 있을 수 없는 독한 분위기가 만들어지곤 했다.

나는 현장에서 좀처럼 모니터 앞에 앉아 있지 않았다. 내가 주로서 있던 위치는 카메라 옆. 그래야 촬영감독과 긴밀히 이야기를 나누기도 쉽고 배우의 실물과 카메라에 달린 모니터를 동시에 볼 수 있기 때문이었다. 초반에는 카메라 옆에서 배우와 눈을 마주치며 디렉션을 주었다. 한번은 최영환 촬영감독이 슬쩍 최동훈 감독 얘기를 꺼냈다. 최동훈 감독은 배우에게 아주 사적으로 연기 디렉션을 주는데, 그게 참 좋아 보였다는 거다. 아뿔싸, 그랬어야 하는구나! 나 역시 배우 출신이기에 다른 사람들이 다 듣는 자리에서 연기에 대해 이야기하면 배우가 마음 상하거나 상처 입을 수 있다는 걸 잘 아는데, 초짜 감독이 되고 보니 거기까지 챙길 여유가 없었던 것이다. 조언을 듣고부터는 배우에게 디렉션을 줄 때면 곁에 다가가 무릎을 꿇거나 주저앉은 채로 조용히 눈을 보며 이야기했다. 그리고 연기가 훌륭하면 현장이 떠나가라 칭찬을 했다. 나도 배우인데 그 마음을 모르랴.

〈오로라 공주〉 현장에는 도로 씬과 자동차 씬이 유독 많았다. 자동차를 촬영용 견인차 위에 싣고 움직일 때면, 차의 움직임에 맞춰 조명을 하거나 반사를 가려주는 조명 팀 작업 공간과 별도로 감독과 조감독, 스크립터가 앉을 자리가 마련된다. 한편 견인차를 사용하지 않을 경우, 차에는 배우 외에 촬영감독, 촬영 퍼스트, 동시녹음 기사만 탑승할 수 있다. 자리가 없으면 나는 내 전용 DV 모니터를 가지고 트렁크에 올라탔다. 다소 극성스러워 보일 만도 했지만 여기엔 분명한 이점이 있다. 도로 씬과 자동차 씬은 찍을 때 감독이 함께 차에 타고 있지 않으면 촬영하러 나간 차가 돌아올 때까지 기다렸다가 모니터를 확인해야 하니 시간이 걸리기 마련이다. 그런데 나는 옹색하게나마 트렁크에 올라타서라도 촬영을 함께했기에 직접 모니터를 보면서 컷을 부를 수 있었고, 작업 시간도 단축시킬 수 있었다.

그렇게 수많은 우여곡절을 겪으며 첫 작품을 마친 후에 2008년 인권 프로젝트 〈시선 1318〉을 찍을 때, 나는 〈오로라 공주〉 현장에서 내가 줄곧 서 있었던 위치가 촬영 퍼스트가 포커스를 해야 하는 자리였다는 것을 알게 되었다. 〈오로라 공주〉의 촬영 퍼스트였고 이후 〈숨바꼭질〉의 촬영감독을 맡게 된 김일연은 자기 영역을 장악하고 있는 감독 때문에 얼마나 불편했을까. 그러나 그는 언제나 나를 위해 애플박스 촬영보조재로 활용되는 나무 상자를 놓아주며 잠시라도 그 위에 앉아 있을 수 있도록 배려해주었다.

세 번째 작품까지 마칠 무렵이 되자 자연스럽게 '여자 강우석'이라는 별칭은 떨어져 나갔다. 〈오로라 공주〉는 범죄 스릴러였고, 〈용의자 X〉는 미스터리 멜로, 〈집으로 가는 길〉은 실화를 바탕으로 한 드라마였다. 작품마다 다른 배우, 다른 스태프와 함께 작업하면서 나는 조금 더 집요해졌고, 조금 더 차분해졌다. 그렇게 감독 방은진의 모습은 매번 같은 듯 달라졌다.

영화 현장에서 감독의 자리는 강력한 권한만큼 큰 책임감을 수반한다. 영화를 만드는 배우와 스태프 모두의 시선은 감독에게 집중된다. 카메라가 돌아가는 순간부터 오케이를 외칠 때까지 그 장면에 어떤 의도와 어떤 스토리를 담아낼 것인지는 오롯이 감독의 선택에 따른다. 일 초와 다음 일 초를 어떻게 연결할 것인지를 최종적으로 판단하는 것도 감독의 몫이고, 그렇게 엄선한 한 컷 한 컷이 모여 120분 남짓의 영화가 된다. 영화 한 편이 만들어지는 데 걸리는 시간을 대략 삼 년 정도로 잡으면, 그 삼 년이 응축되어 120분짜리 작품으로 완성되기까지 감독은 무수한 선택을 통해 자신의 이름을 증명한다.

나는 아직 배고프다. 이제까지 내가 지나쳐온 그 모든 선택의 순간들을 돌이켜보면 아쉬운 것도 참 많다. 하지만 시간을 되돌린다고 한들 그 선택이 달라질까? 중요한 건 그와 같은 시행착오를 거쳐왔기에 지금의 내가 보다 더 나은 선택을 할 수 있게 되었다는 것이다.

나의 평생지기, 평론가 오동진은 근작 〈집으로 가는 길〉의 리뷰에서 나에 대해 이렇게 말했다.

"첫 작품에서는 배우 겸 감독이었고, 두 번째 작품은 감독 겸 배우이더니, 세 번째 작품에선 감독이 되어 있었다. 우리는 배우 방은진을 잃었다. …… (중략) …… 그녀의 역작은 아직 나오지 않았다. 그녀의 다음 작품을 기다릴 수밖에 없는 이유다.”

참으로 애정 넘치면서도 긴 시간 나의 행보를 눈여겨보아온 오랜 친구다운 평이었다. 나의 역작, 슬며시 그것이 기다려진다.

보는 나와 보이는 나

라마는 TV를 보지 않는다. TV에 나오는 것이 허상이라는 사실을 어느 순간 파악해버린 것이다. 어릴 땐 TV에서 울리는 초인종 소리를 듣고 웡웡 짖으며 현관으로 가거나, 전화벨 소리가 들리면 다급하게 나를 돌아보고는 했다. 아마도 라마가 그것이 허상인 줄을 일찍 깨닫게 된 것은 이 공간에는 자기와 나밖에 없다는 사실을 자각했기 때문인 듯하다.

라마가 거울 속의 또 다른 개가 허상이란 것을 깨달은 건 그보다 조금 뒤의 일이다. 거울에 비친 자신의 모습 때문에 눈 아래 다크서클이 생기고 심지어 우울증 증세까지 보이던 라마는 언제부터인가 거울을 보지 않게 되었다. 이제는 뭔가에 투영해 보지 않아도 자신이 어떻게 보일지 다 알고 있는 경지에 이른 배우처럼, 그저 자신이 놓여 있는 환경, 공기의 미세한 움직임, 한 자락의 바람이나 햇살의 이동 같은 것들을 느끼며 즐길 따름이다.

그러나 마루는 다르다. 배를 깔고 엎드려서는 고개를 쳐들고 아주 진지한 자세로 신기한 듯이 TV를 본다. 물론 TV에 집중하는 시간이 삼십여 분을 넘기지 않지만, 아직 이 아이는 그것이 실재하지 않는다는 사실을 모르는 듯하다. 머지않아 녀석이 거울 속의 제 모습을 보고 맹렬하게 짖어댈 날이 올지도 모르겠다.

나도 어릴 적에는 보통의 아이들처럼 거울에 비친 자신의 모습을 인식하면서 나와 대상을 이격화★하는 단계를 거쳤을 것이다. 그리고 라마처럼 금세 거울 속의 내가 타인이 아니라 나 자신이라는 것을 알고 흥미를 잃었을 게 분명하다.

하지만 사춘기에 들어서면 거울 속의 나에게 또다시 빠져들게 된다. 실제로 얼굴이 시시각각 변할 리 없는데도, 사춘기 아이들의 눈에 비친 거울 속의 자신은 볼 때마다 매번 다른 모습이다. 거

★이격화
아동심리학에서는 6개월에서 18개월 사이의 유아가 거울 속의 자신을 알아보게 되면서 그것이 허상이라는 것을 깨닫는 과정을 거울 단계라고 한다.

울을 자주 들여다보며 내 얼굴 중에서 어디가 어떻게 변하면 더 예뻐질 것이라는 생각을 많이 해보게 되기도 하니, 한마디로 '보이는 나'가 중요해지는 것이다. 사춘기의 나 역시 그랬다.

신기하게도 내가 볼 때 내 얼굴에서 치명적인 단점이다 싶었던 부분에 대해 누군가 칭찬을 해주면 마술처럼 단점이 장점으로 바뀌었다. 타인의 시선을 통해 본질에 대한 나의 인식이 바뀌는 것이다. 그리고 누군가 좋아하는 사람이 생기면 때와 장소를 가리지 않고 거울에 비친 내 모습을 끊임없이 확인하려 들었다. 그 누군가에게 어떻게 보이는가가 무엇보다 중요했으니, 투영된 나의 모습에 한없이 신경을 썼던 것이다. 어쩌면 그때가 '진짜 나'와 '보이는 나'를 가장 많이 혼동했던 시기가 아니었을까 싶다.

거울속에는소리가없소
저렇게까지조용한세상은참없을것이오

거울속에도내게귀가있소
내말을못알아듣는딱한귀가두개나있소

거울속의나는왼손잡이오
내악수를받을줄모르는—악수를모르는왼손잡이오

거울때문에나는거울속의나를만져보지를못하는구료마는
거울이아니었던들내가어찌거울속의나를만나보기라도했겠소

나는지금거울을안가졌소마는거울속에는늘거울속의내가있소
잘은모르지만외로된사업에골몰할께요

거울속의나는참나와는반대요마는
또꽤닮았소
나는거울속의나를근심하고진찰할수없으니퍽섭섭하오

1933년 10월《카톨릭 청년》에 발표된 이상의 시「거울」이다. 이 시를 언제 처음 읽었는지는 기억나지 않는다. 다만 화면에 비친 나의 모습을 볼 때마다 나는 이상의 저 낮은 독백을 떠올렸다. 시구 중 한 대목이 나에게는 이렇게 읽힌다. '화면때문에나는화면속의나를만져보지를못하는구료마는/화면이아니었던들내가어찌화면속의나를만나보기라도했겠소.'

영화 촬영 현장에서는 배우의 '보이는 나'를 만들기 위해 프로들이 총출동한다. 메이크업 아티스트, 헤어 아티스트, 의상 전문가의 손끝에서 화면 속의 인물이 만들어진다. 그리고 거울은 원래의 내가 화면 속의 인물로 완벽히 바뀌었는지를 확인하는 도구이다.

나와 똑같은 얼굴을 하고 내 습관이나 행동을 그대로 빼닮은 다른 사람, 다른 인생, 다른 이름의 누군가가 되어 있는 거울 속의 자신을 보며, 배우는 그것이 결코 실제의 자신이 아니라는 것을 안다. 그러나 배우는 자신과 일치하지 않는 '보이는 나', 외로운 그 업에 몰입해 있는 나와 꽤 닮은 나를 통해 자신도 몰랐던 스스로의 다른 면을 발견하기도 한다.

촬영장에서는 배우의 연기를 확인하는 수단으로 모니터를 활용한다. 배우일 때 나는 지독하게 모니터를 안 보는 타입이었다. 일단은 연극배우 출신이라 화면에 비친 내 연기를 보는 것 자체가 지독하게 낯설고 곤혹스러운 경험이라는 게 한 가지 이유였다. 그리고 무엇보다도 모니터로 내 연기를 보면 쓸데없는 자의식이 강화되어 연기의 순도가 떨어지기 때문이었다. 역할에 몰입해 있는 상태에서 모니터를 통해 나를 보면, 그것이 허상이라는 걸 미세하게나마 인식하게 된다. 나는 내면의 느낌과 연출자가 그리는 선에 집중하면서 내 속에서 그 인물과 가장 닮아 보이는 내가 표출되기를 원했다. 물론 배우들 중에는 모니터를 보면서 감독과 연기에 대해 의견을 교환하고, 연기의 강약이나 감정의 포인트를 조절하며 자연스럽게 더 좋은 연기를 하는 이들도 있다. 소위 어느 경지에 이른 배우들이다.

처음 감독이 되었을 때에도 모니터를 멀리하는 버릇은 여전했다. 하지만 배우와 감독은 달랐다. 촬영을 하면서 액션 씬을 구성하거나 나중에 편집했을 때 모순이 발생하지 않도록 하려면 모니터를 제대로 확인해야 한다. 프로듀서는 몇몇 씬을 찍을 때면 어김없이 나를 모니터 앞에 앉혀놓았다. 찍은 씬을 연결해 보면 생뚱맞게 호러 영화처럼 보이거나 스턴트를 쓴 장면과 배우가 직접 연기한 장면이 맞아떨어지지 않는 것을 확인할 수 있고, 놓치거나 빠트린 장면을 다시 세팅해서 찍어야 하는 불상사를 막을 수도 있었다. 그러나 나는 좀처럼 모니터에 익숙해지지 않았다.

그랬던 내가 바뀐 것은 두 번째 영화 〈용의자 X〉를 찍을 때부터이다. 촬영감독과 조명감독이 툴툴거리는 나를 한사코 모니터 앞에 앉히고는 그 자리를 지키게 했다. 영화계에서는 빨리 찍는 것으로 유명한 최찬민 촬영감독과 오케이를 빨리 하는 나와는 달리, 조명의 신이라 불리는 이철오 조명감독은 한 컷 한 컷 매우 정교하게 조명을 설계했다(〈용의자 X〉가 독특한 색감을 갖게 된 것은 디지털 색보정 이전에 이철오 조명감독이 구현해놓은 조명의 힘 덕분이다). 완벽한 조명이 준비될 때까지 기다리는 동안 나는 모니터를 세세하게 들여다보게 되었다. 세트에서 뭐가 빠졌는지, 소품 하나하나까지 눈여겨보게 된 것이다(그러다 보니 미술감독만 죽어났다). 그뿐 아니라 배우들과도 더 많은 이야기를 나눌 수 있었다. 배우들은 조명을 세팅하는 시간이 길어지면 감정이 끊긴다며 볼멘소리를 하기도 했지만, 모니터 앞에 앉아 서로 의논하는 시간을 가질수록 더 좋은 연기가 나오는 경우가 많았다. 조명이 준비되길 기다리는 동안에 이제부터 촬영할 장면에 대해 한 번 더 이야기를 나누다 보면 연출 의도를 더 깊이 있게 공유할 수 있었고, 배우들의 연기에서 전에 없던 새로운 것이 튀어나오기도 했다. 덩달아 허심탄회하게 대화할 수 있는 좋은 배우들과 함께 일하고 있다는 자부심도 커졌다. 물론 예전의 나처럼 모니터 주변에는 얼씬도 하지 않는 조진웅 같은 배우도 있었지만.

요즘 나는 카메라 옆자리와 모니터 앞을 충실히 왔다 갔다 한다. 카메라도 모니터도 다 가장 좋은 장면을 만들어내기 위한 도구일 뿐이다. 감독이 머릿속으로 그리고 있는 그림을 놓치지 않고 끝까지 잡아내는 것이야말로 무엇보다 중요하다는 사실을 자연스레 깨닫게 된 것이다.

내 가방에는 거울이 없어진 지 오래다. 지금의 나는 거울을 보는 것 자체를 잊고 산다. 사춘기 시절 그토록 연연했던 얼굴에 대해 이제는 자포자기한 상태라고 해야 할까나. 세 편의 영화를 찍는 동안 혹한과 혹서를 번갈아 겪으며 내 얼굴은 처참히 망가졌다. 촬영하느라 정신이 없다가 주위의 여자 스태프들이 자외선 차단제를 바르면 그제야 따라 바르곤 한 게 전부였으니 어찌 안 그랬겠는가.

언젠가 촬영 중간에 화장실에 갔다가 세면대 거울에 비친 내 모습을 보고 혼자 깜짝 놀란 적이 있다. 거울 속의 나는 여자 방은진도, 여배우 방은진도 아닌 낯선 누군가였다. 감독의 얼굴 같았다. 이제는 안다. 보는 나와 보이는 내가 어느새 쌍둥이처럼 닮아 있다는 것을.

그리하여 떠나기도 하라

"이모, 라마 별일 없죠?"

"없는데. 마당에 나가서 한참 뛰어놀았어."

"라마가 나이도 있고 아픈 데도 많아서. 이모가 어련히 알아서 잘 돌봐주실까마는 하루하루가 걱정스러우니까."

"응가도 예쁘게 많이도 봐. 두 놈 다."

한참을 라마와 마루에 대해 이야기하다가 뒤늦게야 이모의 안부를 묻는다.

"내 걱정은 하지 마. 몸 아껴가면서 움직이니까. 즐거운 시간은 그냥 즐겨."

즐거운 시간은 그냥 즐겨. 이모의 말이 귓전을 맴돈다. 십수 년 만에 뉴욕에 왔다. 〈집으로 가는 길〉의 흥행 참패로 두 달을 납작 엎드려 있다가 기듯이 올라탄 비행기였다. 애니메이션을 제작하는 지인이 뉴욕에서 열리는 박람회에 참석하게 되어 그분의 배급자 미팅을 도와드린다는 명목으로 온 것이었으나, 기실 말동무나 할 겸 같이 다녀오자는 강권에 못 이겨 결정한 여행이었다. 먹기 시작한 지 얼마 안 된 항우울제 덕분인지 아니면 웅크리고 있던 시간 덕분인지, 공항 라운지에서 비행기를 보니 난데없는 설렘도 일었고, 도착해서는 곧바로 라마와 마루의 안부까지 챙기는 걸 보면 나의 상태는 분명히 호전되고 있었다. 그렇지만 여전히 여행의 기쁨이라든가 낯선 곳에서의 흥분 같은 것은 없었다. 그저 뉴욕은 역시 서울보다 춥구나. 쨍하구나. 십수 년 만에 보는 거리 풍경이 별로 변하지 않은 것에 안도하고, 녹슨 영어가 삐걱거리나마 술술 나와 다행이다 싶은 정도.

열네 시간을 날아서 온 이 도시에서 무엇을 즐길 수 있을까? 예정된 미팅은 금세 끝나버렸고, 자유 시간이 찾아오자 나는 막연해졌다. 호텔 26층 창 아래 펼쳐져 있는 도심을 내려다보다가 길을 나섰다. 한 블록 앞에 있는 뉴욕현대미술관MOMA으로 걸음을 옮겼다. 오후 늦은 시간이었지만 미술관은 붐볐다. 평소에도 나는 가끔 혼자 미술관에 가곤 한다. 관심 있는 작품이나 작품을 보는 속도가 다른 일행을 찾거나 기다릴 필요가 없고, 무엇보다 아무 말 하지 않고 작품을 볼 수 있기 때문이다.

모처럼 존 케이지의 초기 작품을 발견하고 그 앞에서 한동안 멈춰 서 있었다. 함께 그림을 보는 사람들에게 둘러싸여 있었으나 흘러간 것은 침묵의 시간이었다. '4분 33초' 동안 아무 연주도 하지 않고, 침묵을 지키는 관객 전부를 연주자로 만들었던 존 케이지의 공연장에 와 있는 것 같았다. 나는 말 한마디 내뱉지 않고 되도록 작은 소리도 내지 않으며 미술관에서 몇 시간을 누볐다. 가슴팍에 깊고 예리하게 팬 상처 위로 얇은 딱지 같은 것이 만져진다. 오늘 밤에는 항우울제에 기대어 이 감동만으로 잠들 수 있을 것 같다.

2013년 〈집으로 가는 길〉의 해외 촬영에서 돌아와 숨 돌릴 새도 없이 남은 국내 촬영분을 마무리하고 나니 어느새 5월이 되어 있었다. 편집을 하는 동안 소진된 기력을 회복하기 위해 모처럼 한의원으로 향하던 중 극심한 현기증과 공포를 느껴 핸들을 놓쳤다. 주변을 달리는 차들과 나 사이의 거리, 내 차가 달려가는 방향과 공간이 일순간 엉망으로 뒤틀리면서 죽을 것 같은 공포가 몰려왔다. 너무나 순식간에 공간인지장애와 공황장애가 동시에 찾아온 것이다. 면역력도 기초 체력도 모조리 바닥난 상태라서 그렇다는 한의사의 소견에 따라 한약 복용과 치료를 꾸준히 병행하면 나아지리라 믿었지만, 좀처럼 운전대를 잡기가 어려웠다. 익숙한 길이나 도심은 괜찮지만, 고속도로나 강변도로, 고속화도로에서 내려오는 커브와 능선이 문제였다. 〈집으로 가는 길〉은 나름 투자사의 2013년 마지막 기대작이었기에 꽤 공격적인 마케팅을 준비하고 있었고, 그에 걸맞도록 최선을 다하려면 우선 감독인 내 상태가 호전되어야 했다. 말 잘 듣는 아이처럼 정해진 시간에 약을 먹고 치료를 받으며 12월 개봉을 기다렸다. 이내 정신없는 홍보 스케줄과 프레스데이를 소화하는 사이 공황장애 증상은 소리 소문도 없이 사라졌다.

하지만 〈집으로 가는 길〉은 개봉 첫 주의 짧은 순항을 끝으로 〈변호인〉의 거센 바람에 날개가 꺾였고, 예상치 못했던 복병 〈어바웃 타임〉에 다리가 잘렸으며, 〈용의자〉의 연이은 포격으로 몸통까지 잃고 말았다. 개봉 첫 주까지는 누구도 이런 참패를 예상하지 못했기에 충격은 몇 배로 돌아왔다. 개봉 전 시사회의 관객 반응도 뜨거웠고, 관람 전 기대평과 관람 후 관객 반응 역시 호평 일색이었다. 언론의 평도 좋았고 지인들의 박수와 격려도 전에 없이 쏟아졌다. 그런데 왜? 어디서부터 잘못된 거지?

크리스마스 즈음부터 기대치를 밑도는 관객 수와 하루가 다르게 줄어가는 개봉관 수를 보며 나는 침잠했다. 돌이켜 생각해보면 불안 요소가 분명히 있었는데 어째서 낙관만 했던 걸까. 한숨이 뭉쳐 심장을 짓눌렀고, 지나왔던 과정들을 되새김질하고 반성하느라 불면의 밤이 이어졌다. 하루는 이대로 죽으면 관객들이 호기심에라도 영화를 보지 않을까 했다가, 또 하루는 이 실패를 뼈에 새기고 다시 도전하자고 이를 악물었다. 절망과 오기 사이를 오가는 감정의 기복은 숨어 있던 공포를 다시 불러냈다. 공포와 싸울 기력도 의지도 상실한 채 울다 지치고, 또 간신히 의식을 차렸다가 귀신처럼 새벽을 휘적거리며 서성대는 혹독한 나날들이 흘러갔다. 누구보다도 행복하게 2013년을 마무리할 거라는 기대와 예상은 보기 좋게 빗나갔고 더불어 내 인생 전체가 처참하게 부서져 내리고 있었다.

그런 나를 겨우겨우 일으켜 세운 것이 차기작이었다. 〈집으로 가는 길〉의 후반 작업 도중에 차기작이 정해졌고 후반 작업을 마치고는 바로 새 작품의 각색을 마무리했다. 제작프로듀서, 제작실장, 촬영, 조명, 미술 등 스태프가 꾸려지고 사무실도 구했으며 캐스팅도 거의 다 진행된 상태였다. 내가 연출한 작품을 좋아하고 나를 믿어주는 스태프의 존재가, 상업영화 감독으로서는 처음으로 손익분기점을 넘기지 못했다는 현실을 받아들이기 힘겨워 휘청이는 나를 든든히 떠받쳐주고 있었다. 혼자 있을 때와 달리 사람들과 함께 있으면 웃기도 했다. 지나간 일은 지나간 일, 다음 작품으로 대박 나면 되지 뭐. 이 사람들과 함께라면 2014년은 훨씬 좋아지리라는 기대감으로 조금씩 일어서려는 찰나, 해가 바뀌고 1월 첫 주가 가기도 전에 또 다른 쓰나미가 몰려왔다. 〈집으로 가는 길〉의 흥행 실패 여파로 차기작의 투자사에서 나를 밀어낸 것이다. 나를 믿고 여기까지 왔던 스태프들도 순식간에 갈 곳을 잃고 말았다. 너무나 미안했고 너무나 부끄러웠다. 스태프 한 사람 한 사람에게 그 참담한 상황을 설명하며 나는 눈시울을 붉혔다.

그런데 사람이란 게 참 이상했다. 갑작스럽게 벌어진 일련의 사태에 정신이 번쩍 든 것이다. 쓰나미가 휩쓸고 간 자리는 아무것도 남지 않은 폐허였고, 그곳에 남겨진 나 자신을 혼자 힘으로 추스르지 않으면 안 되었다. 흔해빠진 위로나 변명을 주고받을 사이도 없이, 껍데기만 남은 줄 알았던 내가 서슬 퍼런 오기와 악으로 다시 일어선 것이다. 이런 사정을 알 리 없는 라마와 마루는 여전히 나만 졸졸 따라다니며 꼬리를 흔들었고, 두 녀석을 산책시켜야 한다는 일념으로 날마다 남산에 올랐다. 그리고 신경정신과를 찾아 우울증을 동반한 공황장애 치료도 시작했다.

정신을 차리고 보니 무심결에 지나친 일들에 담겨 있던 의미들이 또렷이 떠올랐다. 〈용의자 X〉를 찍은 직후 〈집으로 가는 길〉의 연출을 제안받았을 때, 〈오로라 공주〉의 차기작을 준비하며 칠 년의 공백을 겪어야 했던 나로서는 몸이 으스러지더라도 연이어질 차기작을 마다할 이유가 없었다. 작품 자체도 내가 잘할 수 있는 이야기라는 자신감에 한층 고무되었다. 사 년여를 방향조차 잡지 못하던 영화였는데, 내가 감독직을 수락한 후로 갑자기 일이 술술 풀리며 탄력을 받기 시작했다. 덕분에 나는 한동안 주위의 부러움을 한 몸에 받기도 했다. 그러나 내게 찾아왔던 기회가 한편으로 얼마나 많은 시기와 구설을 만들어냈는지를 뒤늦게 깨달았고, 적어도 그 순간에는 이 처절한 상업영화의 세계가 내가 속할 곳이 아니라는 생각이 들기도 했다. 그렇다고 내가 이 작품을 하지 말아야 했을까? 나는 이 영화가 담고 있는 진정성과 응원해주던 사람들의 진심을 애써 되뇌었다. 어떻게든 내 심장의 불씨를 살려내야 했으니까.

뉴욕을 떠나기 전 날, 소호에 있는 안젤리카 필름 센터를 찾았다. 안젤리카 필름 센터는 작품성이 검증된 독립 영화나 외국 영화를 선별하여 상영하는 곳으로 전통과 명성이 있는 극장이다. 나는 극장에 들어선 순간부터 기묘한 기시감을 느끼며 낯설고도 친근한 이곳에서 오랜 친구의 영화 〈네브래스카〉를 보았다. 이 영화는 〈어바웃 슈미트〉, 〈사이드웨이〉 등을 감독해 우리에게도 잘 알려진 알렉산더 페인 감독의 작품이다. 그 친구는 웬만해서는 이름난 배우들을 쓰지 않는다. 자기가 만드는 영화는 소소한 이야기들을 다루고 있기에 배우가 먼저 보이면 안 된다고 했다. 그러면서도 늘 재주 좋게 메이저 영화사의 투자를 받아냈다. 페인의 영화는 근작으로 올수록 호흡도 느리고 단조로워지는 경향을 띠었는데 〈네브래스카〉는 그 극치였다. 언젠가 자기 고향인 네브래스카주를 무대로 아버지에 관한 영화를 만들고 싶다고 했는데 진짜로 자기가 원하던 영화를 만든 것이다. 오래된 극장에서 영화를 보는 내내 오랜 친구를 만난 것 같은 느낌에 울컥했다. 아, 우리는 영화로 세상에 말을 거는 사람들이구나. 그가 신인 감독으로 데뷔했을 무렵 나는 아직 배우였다. 해외 영화제에서 그를 처음 만난 기억이 난다. 이제는 같은 길을 가고 있는 친구. 스크린 너머로 그가 찬찬히 나에게 무슨 이야기를 건네는 것만 같았다.

그러던 중 불현듯 어떤 기시감을 선사한 기억이 떠올랐다. 낯선 곳에서 우리는 문득 지나간 시간 속의 나를 만날 때가 있다. 십칠 년 전 나는 배우로 출연했던 영화 〈학생부군신위〉가 몬트리올 영화제에 초청받았을 때 뉴욕에 들렀다가 이 극장에 온 적이 있었다. 내 눈앞에는 지금의 나보다 훨씬 용기 있고 좀 더 열려 있는 당찬 배우 방은진이 나타났다. 그때는 내가 감독이 되어 이곳을 다시 찾으리라고는 짐작도 못 했는데. 그녀가 신기한 듯, 대견한 듯 나를 바라보며 묻는다.

"정말 감독이 된 거야? 진짜 멋진데!"

다시 심장이 뜨거워지는 것이 느껴졌다. 배우에서 감독이 되기까지 얼마나 오랜 시간을 기다렸던가. 결국 나는 감독이 되어 세 편의 영화를 완성했다. 한 작품에서 기대한 결과를 얻지 못했다고 해서 그토록 바랐던 것을 놓아버릴 셈인가.

주역에서 말하듯 대운과 고력도 순리대로 오는 법인데, 기쁨과 슬픔이라고 왜 안 그러겠는가. 삶이 조금 잘 풀린다고 너무 자신만만해하거나, 조금 꼬인 것 같다고 쉽게 포기하고 주저앉아버리려 한 것은 아닌지. 지금 내가 실패 가도를 걷고 있다고 해도 이 길의 끝에서 어떤 뜻밖의 결과와 마주칠지는 알 수 없다. 하지만 한 번 실패를 했으니 성공을 향해 한 발짝 다가선 것만은 분명하다. 그리고 실패와 성공을 떠나 무엇보다도 중요한 건 내가 지금 무엇을 향해 나아가고 있는지를 명확히 알게 된 것이다. 지금 나에게 있어서 가장 소중한 것은 무엇일까? 십칠 년 전의 나에게는 없었지만 지금 내게 있는 것은?

돌아가면 페인 감독에게 메일을 써야겠다. 나는 여전히 나의 역작을 꿈꾸고 있다는 말과 함께 라마와 마루의 사진도 곁들여서.

지금 나에게 가장 소중한 건 무엇일까

기대하고, 기다리다

라마가 날아올랐다. 초당 42프레임으로. 부웅, 철퍼덕! 오리들이 먼저 자리 잡고 있던 논으로 날아든 라마는 살아 있는 오리를 잡겠다고 이리 뛰고 저리 뛰었다. 아뿔싸, 아뿔싸였다. 오리 농법으로 농사를 짓고 있던 논두렁으로 라마의 관심을 유도한 내 잘못이었다. 푸드덕 꽥꽥 요리조리 피하는 오리들 중 어느 놈을 잡을까 두리번거리는 라마는 벌써 온몸에 머드팩을 뒤집어쓴 채였다.

내가 자초한 일이니 뒷수습도 내 몫인 것을 어쩌리. 진흙탕에 빠진 아이를 별수 없이 차에 태워 가까운 주유소로 가 수도를 빌려 씻겼다. 하지만 그새 굳어 털에 엉겨 붙은 흙은 결국 집에 돌아와 뜨거운 물로 목욕을 시키고서야 떨어져 나갔다.

그런데 이상하게도 논으로 거침없이 날아오르던 라마의 비상이 오랫동안 뇌리에 남아 잊혀지지 않았다. 무언가 결단을 내려야 하는 순간이면 그때의 라마 모습이 선명하게 떠올랐다. 그것은 아마도 그 장면에 감독이 된 후로 나에게 필요했던 세 가지가 담겨 있기 때문이리라. 한 치의 의심도 없이 목표물을 향해 달려가는 용기, 옆도 뒤도 돌아보지 않고 그저 신념에 따라 움직이려는 의지, 설령 후회하게 될지라도 남들이 할 수 없는 경험을 내 것으로 만들고자 하는 모험심. 나는 훗날 나에게 꼭 필요해진 이 세 가지를 그날 라마에게서 배웠다.

"영화는 시간을 조각하는 예술이다."

거장 안드레이 타르코프스키 감독은 말했다. 한 편의 영화에는 스토리가 이끌어가는 영화 속 시간의 흐름 샷으로 포착한 시간이 담겨 있고, 영화가 상영되는 시간 관객이 경험하는 시간이 있으며, 동시에 영화를 만드는 사람에 의해 선택된 시간 감독이 조각한 시간이 녹아 있다. 즉 영화는 137억 년이라는 우주의 역사 속에서 몇백 년 또는 며칠, 아니면 하루라는 시간을 두 시간 남짓한 타임라인 위에 감독이 선택한 배치에 따라 사건 형태로 풀어놓은 예술이다. 예술이라는 표현을 차치한다 해도, 분명 우리는 영화를 통해 어떤 시간의 조각물을 공유하며 재미와 감동, 스릴과 충격 등을 느낀다. 파격과 유려함이 어우러진 이 조각물을 통해 이야기에 빠져들 때 우리는 각자의 기억과 조합되는 최고의 감상 경험을 하게 된다. 그렇기 때문에 영화는 관객의 평가와 더불어 가치가 매겨진다.

2012년에 방영된 〈추적자〉라는 드라마에 이런 대사가 있었다.

"황소 한 마리를 내놓고 요거 몇 근이나 나가나 하고 물어보면, 어떤 놈은 백 근 나간다 하고 어느 놈은 오백 근 나간다 하고, 다지 입에서 나오는 대로 얘기하는 기라. 그런데 백 명한테 물어봐서 평균을 내면 희한하지. 황소 무게를 얼추 맞추는 기라. 천 명한테 물어봐 평균을 내면 더 비슷하게 맞추는 기라."

관객 한 사람 한 사람의 취향이나 호불호는 각기 다르더라도, 한 편의 영화에 대한 대중의 평가는 반드시 어떤 중론을 이끌어낸다. 감독 역시 자신의 취향이 있겠지만, 자기 영화가 수십 또는 수백 개의 상영관에 걸리길 바란다면 순순히 관객의 중론을 수용할 줄 알아야 한다. 내가 〈오로라 공주〉 작업을 할 때, 나의 멘토이신 이창동 감독님은 제대로 영화계에 발을 내딛으려면 해외의 작은 영화제에서 상을 받는 것보다 한국 주류 상업영화의 장벽을 넘는 게 더 중요하다고 거듭 강조하셨다. 개봉을 앞두고 초조해하는 나를 "잘 찍고 잘했으니 관객 수에 연연하지 마"라며 다독여주시기도 했지만, 일단 작품을 세상에 내거는 감독이라면 관객이 몇이나 들고 어떤 평가를 내릴지에 대해서 무덤덤할 수 없다. 특히나 첫 영화의 결과는 향후 그 감독이 하고 싶은 것과 잘할 수 있는 것을 어떻게 조율해나갈지를 가늠하는 잣대가 되기도 하니까. 모든 것은 그때부터다. 감독이 채워가는 필모그래피는 그 간극에서 외로운 줄타기를 하면서 언젠가 자신의 예술성이 관객의 중론과 하모니를 이루어 아름답고 감동적인 순간을 빚어낼 그때를 향해 달려간다. 나뿐만 아니라 우리 시대의 모든 감독들이 각기 다른 방식으로 같은 꿈을 꾸고 있으리라.

나의 각별한 친구 원신연 감독〈구타유발자들〉, 〈세븐 데이즈〉, 〈용의자〉은 무술감독 출신이다. 그가 처음으로 연출한 단편 〈빵과 우유〉는 내가 본 단편영화 가운데 단연 최고다. 그의 동생 원풍연이 유일한 등장인물인 이 영화는 해직 통보를 받은 한 노동자가 자살을 결심하고 철길에 누워 열차를 기다리다가, 갑자기 떨어진 낙석 하나를 치우기 위해 사투를 벌이는 이야기이다. 페이소스와 해학이 느껴지는 이 작품은 부산국제영화제를 비롯하여 세계 유수의 영화제 단편 경쟁 부문에 진출했다.

〈세븐 데이즈〉 현장에서 만난 원 감독은 촬영 후 가진 술자리에서 맥주 한 잔을 후딱 마시고 먼저 일어섰다. 다음 촬영 콘티를 한 번 더 손보기 위해서라고 했다. 인간 원신연은 배려심 많고 마음

여린 사람이지만, 감독 원신연은 집념이 강하고 저돌적으로 일을 추진하는 힘이 돋보이는 사람이다. 무술감독 시절 치열하게 사전 준비와 리허설을 하는 데 익숙해져 있었던 덕분인지 촬영 직전까지 치밀하고 철저하게 콘티를 준비했다.

〈세븐 데이즈〉는 관객의 호평 속에 흥행에 성공했다. 하지만 그 후 칠 년 가까이 〈로보트 태권V〉에 매달렸던 그는 나와 비슷한 시기에 마찬가지로 차기작이 좌초되는 아픔을 겪으며 막막한 시간을 보냈다. 우리는 허름한 술집에서 몇 번을 만나 서로를 격려하며 술잔을 기울였다.

"나도 정말 제대로 된 액션 영화 만들어보고 싶어요."

"방은진 감독이 만든 액션 영화, 진짜 기대되는데요!"

그랬던 우리 둘은 얄궂게도 2013년 말, 〈집으로 가는 길〉과 〈용의자〉로 맞붙게 되었다. 우리는 서로 앞뒤에서 끌어주자고 의기투합했지만 결국 두 작품 사이를 턱 하고 차지한 〈변호인〉에게 덜미를 잡히고 말았다. 해가 바뀌고 우리 영화들의 최종 스코어도 어느 정도 일단락 지어졌다. 손익분기점을 못 넘기고 차기작도 엎어지는 통에 심적으로 많이 흔들리던 나는 휴대폰으로 날아든 그의 문자에 울컥했다.

– 지난해 감독님이나 저나 아쉬움이 좀 있었지만 우리 세상을 뒤집을 작품 꼭 만들어보아요~

미국의 한 리서치에서 스트레스를 많이 받는 직업 2위에 영화감독이 랭크된 적이 있다. 한 명의 감독이 평생 만들 수 있는 영화 편수도 많지 않은 상황에, 상업성과 작품성 사이에서 갈등하며 자신의 대표작을 만들고 역작을 꿈꾸는 영화감독. 혼신을 다해 만든 작품이 기대보다 못한 반응을 얻는 결과를 받아들여야 하는 감독의 심정은 아마도 겪어본 사람들만이 알 수 있을 것이다. 실의에 빠져 있던 나는 원 감독을 비롯한 많은 동료 감독들의 북돋움에 힘입어 다시 일어날 수 있었다.

고마운 임순례 감독님. 눈 때문에 촬영이 취소되어 그 덕에 〈집으로 가는 길〉을 보러 왔다며, 영화를 본 후 격려의 문자를 보내주셨다.

– 영화 넘 좋네요. 사람들 다 훌쩍훌쩍. 저도 초기 시나리오 봤지만 최종적으로 좋은 영화 만들어주신 감독님의 공력과 노고가 보입니다. 진짜 수고하셨습니다!

임 감독님의 단편영화 〈우중산책〉을 비롯해 〈세 친구〉와 〈와이키키 브라더스〉는 성공하지 못한 사람들에 대한 그녀의 따뜻한 시선이 담긴 아름다운 작품들이다. 〈우리 생애 최고의 순간〉으로 흥행 감독이 되었지만, 지금도 그녀는 소외된 사람들의 이야기에 귀 기울이며 다음 작품을 만들고 있다. 아, 빼놓을 뻔한 것이 있다. 그녀는 동물보호단체 '카라'의 대표로 활동하며 버려지는 동물의 고통을 대변하고 동물과 인간의 행복한 공존을 위해 온몸을 던지고 있다. 그러니 그녀를 존경하고 아낄 수밖에.

이미 대표작을 갖고 있는 감독들을 볼 때마다 나는 내가 도달하지 못한 어떤 지점을 동경하며 그들을 흠모한다. 그중 내가 도저히 따라잡을 수 없는 따뜻한 정서를 작품에 녹여낼 줄 아는 이가 바로 김태용 감독이다. 나는 2006년 그가 내놓은 〈가족의 탄생〉을 보고 말로 다 표현할 수 없는 깊은 감동을 받았다.

우리는 2008년 인권 옴니버스 영화 〈시선 1318〉에 참여하면서 서로 알게 되었다. 그가 연출한 〈달려라 차은〉은 특유의 감성으로 세상을 껴안고 위로하는 따뜻한 작품이었다. 육상 기대주였던 차은은 육상부가 없어지면서 더 이상 운동을 할 수 없게 된다. 절망에 빠진 차은은 집에서 도망치고, 그녀를 뒤따라온 새엄마(필리핀 여성)와 짧은 여행을 하며 서로를 알아간다. 명쾌한 해답을 제시하기보다는 어떤 시선으로 꿈꾸는 청소년들을 대하며 그들의 목소리에 귀 기울여야 하는지를 보여주는 작품이다. 만인의 연인이었던 탕웨이와 함께 새 가족을 이룬 그가 앞으로 또 어떤 김태용 스타일의 작품을 내놓을지 기대가 된다.

– 축하해!!! 영화 좋았어!! 감독으로 할 수 있는 그 이상을 했다고 느꼈어. 다시 한번 축하!

〈집으로 가는 길〉 시사회에 참석하셨던 이창동 감독님이 보내주신 문자이다. 많은 우여곡절을 겪으며 만든 작품이었기에, 첫선을 보인 후 나는 설렘과 자신감을 얻었다.

"이제 정말 감독이구나."

한국 영화계에서는 한 번이라도 흥행에 성공한 감독은 대작을 만들 기회를 누리기도 하지만, 데뷔작만을 남기고 소리 없이 사라지는 감독들도 참 많다. 만드는 작품마다 홈런을 치는 감독들의 성공 비결은 자신이 하고 싶은 영화와 잘할 수 있는 영화가 최상의 궁합으로 맞아떨어졌기 때문이 아닐까. 하지만 그들도 단편영화부터 시작해서 다른 감독들의 작품을 보며 자극을 받고 영감을 충전해 자기 작품의 완성도를 높이고자 노력해왔을 것이다.

"내가 더 멀리 볼 수 있었던 것은 거인의 어깨 위에서 세상을 바라봤기 때문이다."

아이작 뉴턴은 앞서간 스승들과 동료들이 이루어놓은 과학적 토대가 있었기 때문에 자신이 그와 같은 성과를 이룩할 수 있었다고 했다. 나 역시 마찬가지다. 나를 꿈꾸게 했던 수많은 선배 감독들과 지금도 나를 설레게 하는 동료 감독들, 그들의 어깨너머로 세상을 바라보며 언젠가 탄생할 나의 역작을 기다리고 있다.

우리는 모두 자신의 역작을 기다린다

5부

만나고 싶어도 만날 수 없고 외면하려 해도 피할 수 없는

조금 더 내 곁에 머물러 주는 것
그건 정말 기적 같은 일이겠지

칠 년의 사랑

"아! 너무 떨려……."

부산하게 라마를 맞을 준비를 했다. 기실 라마를 맞을 준비라고 해봐야 별 대단한 것도 없지만 말이다. 이미 몇 주 전에 새로운 뻑뻑이 장난감이랑 사료, 개껌까지 완벽히 준비해놓았으니까. 그런데도 불구하고 그 아이가 없어 휑뎅그렁하던 집에 다시 라마가 돌아온다는 생각을 하니 계단에 레드카펫이라도 깔아놓고 싶은 심정이었다.

큰 개의 존재감은 키워본 사람들은 다 알 것이다. 올망졸망 바지런하게 여기저기 기웃거리지는 않지만, 집 안을 슬렁슬렁 돌아다니는 움직임만으로도 묵직한 기척이 공기를 가른다. 내가 책상에서 작업을 할 때면 라마는 내 발치에 배를 깔고 잠들었다가도 의자가 살짝 움직이는 기척에 눈을 뜨고 나를 바라본다. 내가 주방으로 가면 어느새 따라와 꼬리로 바닥을 툭툭 치며 자기가 있다는 걸 상기시킨다. 나의 일거수일투족을 놓치지 않으려는 라마의 집요함은 이제 신기할 만큼 서로에게 익숙하다.

서해안 고속도로를 타고 비봉 IC를 거쳐 국도를 따라 굽이굽이 가는 길. 라마의 졸업식이 있던 날이다. 석 달이라는 기간은 결코 짧지 않았지만 어찌 보면 후다닥 지나간 듯도 싶었다. 라마에게 가는 내내 수많은 생각이 스쳐갔다. 시멘트 바닥에서 자느라 벗겨진 팔꿈치에 이제는 굳은살이 박인 라마. 집에 돌아가면 되도록 빠른 시일 내에 고관절 수술도 해야 했다. 그동안 내가 라마를 간절히 기다렸던 것처럼 라마도 하루하루 자기만의 방식으로 나를 기다렸으리라.

오랜 기다림이 사랑이라는 감정으로 확고하게 자라났는데 막상 현실이 되고 보니 꿈꿔왔던 사랑과는 달라 당황한 경험은 누구에게나 있을 것이다. 달리 말하자면, 어쩌면 첫사랑이라든가.

조회 시간, 숙명여중 운동장에 학생들이 줄지어 선 채로 웅성거리고 있었다. 훤칠한 키에 모직 체크 재킷과 검은색 터틀넥 니트를 입은 마른 체격의 남자가 조회대로 올라왔다. 새로 부임한 서울대 미대 출신의 선생님이라는 교장 선생님의 소개가 이어졌다.

"이 학교는 대학을 졸업하고 처음으로 부임한 곳입니다. 앞으로 잘 부탁드립니다."

마이크를 통해 울려 퍼지는 감미로운 저음의 목소리가 나를 휘감았다. 이내 가슴이 방망이질 치고 볼이 화끈거렸다. 뒷줄에 서 있던 나는 그의 얼굴을 자세히 보지도 못했건만 밑도 끝도 없이 사랑에 빠져버렸다. 첫사랑이었다.

나는 일주일에 한 번뿐인 미술 시간으로는 부족해 특별활동으로 미술부에 가입하며 조금이라도 선생님과 가까이 있으려 했다. 그렇게 한 학기가 지나고 방학이 되자, 나는 선생님의 주소를 물어 편지를 보냈다. 그리고 선생님의 답장을 받았다. 선생님 입장에서야 제자의 편지가 반가워 답장을 보낸 것뿐이겠지만, 나로서는 세상이 나를 위해 돌아가는 것만 같았다. 나는 '짝사랑이 아닌 게 확실해'라며 희희낙락했다. 그전까지 한 번도 이런 식으로 사람을 좋아해본 적이 없었던 내게 이건 그냥 사랑이었다. 그렇게 믿지 않을 도리가 없었다. 나는 어서 빨리 자라서 어른이 되기만을 고대했다. 그사이 학교는 강남으로 이전했고, 나는 선생님과 단둘이 학교 복도에 그림을 달고 맛난 식사를 하고 미술에 대한 가르침을 받으며 많은 이야기를 나누었다. 함께한 추억이 쌓여갔다.

그렇게 맞이한 중학교 3학년 2학기. 나는 졸업과 동시에 엄마를 따라 미국으로 이민을 떠나게 되었다. 내가 돌이킬 수 없는, 어른들의 결정이었다. 아무것도 몰랐던 선생님은 입시 준비에 한창이던 다른 학생들처럼 나를 불러서는 예고에 지원해보는 게 어떻겠느냐고 하셨다.

"저 이민 가요, 선생님."

잠깐의 침묵이 흘렀던 것 같다. 그 말을 하고 나니 왈칵 눈물이 나왔다. 마음속에서는 '선생님이 계신 이 나라를 떠나고 싶지 않아요!'라고 외치고 있었지만 차마 입 밖에 내지 못했다.

"편지 드릴게요. 신경 써주셔서 감사합니다."

눈물을 보일 것 같아 고개를 푹 숙이고 미술반 교실을 나왔다. 행여 누가 볼세라 수습을 하려 했지만 눈물이 멈추지 않았다. 긴 복도에는 내 발자국 소리만 서글프게 따라오고 있었다. 그렇게 끝났다면, 누구에게나 있을 법한 학창 시절의 풋풋한 짝사랑에 그쳤을 것이다.

나는 이민을 떠났고, 어느 정도 낯선 생활에 적응하자 선생님에게 편지를 보냈다. 놀랍게도 답장은 파리에서 날아왔다. 내가 떠나고 얼마 안 있어 선생님은 학교를 그만두고 공부를 계속하기 위해 파리로 떠났다. 그 역시도 나와 비슷한 시기에 유학을 결정한 모양이었다. 우리는 그렇게 파리와 미국에서 편지를 주고받았다. 그가 독일에 있는 미술학교로 옮겨 갈 무렵 나는 한국에 돌아왔고, 독일과 한국을 오가는 편지가 이어졌다. 우리는 수많은 편지로 감정을 쌓아가며 서로를 그리워했지만 그는 내가 성인이 될 때까지 한국에 들어오지 않았다. 그러다 드디어 내가 대학생이 되자 그가 한국행 비행기에 올랐다. 한 번도 만나지 않은 채로, 대서양과 태평양을 사이에 두고 사랑을 키워온 지 오 년 만이었다.

우리가 만나기로 한 장소는 당시 경복궁 안에 있던 국립박물관 앞이었다. 교단에 서 있을 때와는 사뭇 다른 모습으로 그가 나타났다. 콧수염을 기른 그는 여행을 많이 다닌 탓에 배가본드, 방랑자처럼 보였다. 사진으로밖에 볼 수 없었던 그가 막상 눈앞에 나타나니 쑥스럽고 부끄러웠다. 우리는 떨리는 가슴을 안고 햇살 좋은 경복궁을 거닐며 비로소 함께 있게 된 것에 행복해했고, 나는 진심으로 이 사람이 나의 운명이라고 느꼈다.

우리는 여행을 떠났다. 기차를 타고 공주 갑사에 갔다가 부산에서 배를 타고 제주도까지 갔다. 우리의 사랑을 확인하는 것 이상으로 나는 진정한 해방감을 느꼈다. 비로소 눈을 제대로 뜨고 바다와 하늘과 산을 바라볼 수 있었다. 그와 더불어, 살아 있음의 의미와 자연이 안겨주는 감동, 내가 무심히 스쳐 보냈던 사소한 것들의 의미를 읽어내기 시작했다. 비틀려 있던 생의 감각들이 제자리로 돌아오는 것도 같았다. 동시에 나는 그 여행에서 역마살이 낀 내 팔자의 어떤 속살도 보았다.

그리고 그는 독일로 돌아갔다. 이 년 후 그는 유학 생활을 모두 정리하고 돌아와 나에게 청혼을 했다. 어쩌면 당연하다고 생각했던 것 같기도 하다. 그 시절에는 사랑의 완성은 결혼이라는 등식이 너무나 자연스러웠다. 나는 시댁이 될 그의 집에 가서 인사를 했고, 그는 내 아버지를 만났다. 결혼 날짜를 잡는 일만 남은 것이나 다름 없었다. 그의 친구들은 그가 어린 신부를 얻었다며 부러운 기색을 감추지 않았다.

그러던 내가 돌연 그를 배신했다. 그와 처음 떠났던 이 년 전 여행 이후로 내 속에서는 미묘한 균열과 위화감이 싹트고 있었다. 그와 함께한 칠 년이란 시간의 대부분을 서로 그리워하며 글로만 키워온 사랑이 막상 현실이 되자 말로 표현할 수 없는 어떤 생소함이 엄습했다. 이런 막연한 이유 외에는 별 사건도 없었고 그가 무슨 빌미를 제공한 것도 아니었다. 다만 나를 강렬하게 사로잡은 생각이 문제였다. 내 나이 스물두 살. 이제부터 진짜 인생이 시작되려 하는데 결혼을 해서 누군가의 아내로 살아가는 건 내가 정말 원하는 일이 아니라는 생각과, 이 사랑은 그저 내가 만든 허상일 뿐이라는 날카로운 자각 같은 것이었다. 게다가 부모로부터 수혈

된, 결혼에 대한 부정적인 생각들까지 나를 집어삼켜버렸다.

그와의 모든 연락을 일방적으로 끊었다. 철저하고 난데없는 배신이었다. 나는 실로 잔인하게 그를 버렸다. 얼마간의 시간이 지나서 전화를 걸어온 그에게 배우의 길을 가겠노라는 한마디만 전했다. 수화기 너머로 그의 비통한 목소리가 들려왔다. 그가 어떤 상태인지 짐작도 할 수 없었지만, 이미 우리의 삶의 행로가 어긋났다는 사실을 그도 나도 확인한 셈이었다. 오래지 않아 나는 극단에 들어가 실제로 배우가 되었다. 그 후로 몇 번의 짧은 연애를 하고 또 누군가를 버리면서 나는 점점 외곬이 되어갔다. 그는 독일로 돌아갔고, 홧김이었는지 곧바로 어느 독일 여인과 결혼을 했다는 얘기를 들었다.

그런데 이상하게도 나는 미안함보다는 아쉬움이 더 컸다. 독일에 갔을 때도 예술 계통에서 일하는 사람을 만나면 그에 대해 물었고, 한국에서 열린 그의 전시회에 찾아가기도 했다. 그가 서울에 왔을 때 내가 하는 공연을 나 몰래 보고 갔다는 소식을 전해 듣기도 했지만 우리의 인연은 회복되지 않았다. 다만 내가 한때 운명이라고 느꼈던 사람이기에 언젠가는 운명적으로 다시 만나게 될 거라는 기대만이 희미하게 남아 있었다.

2011년경 나는 정말 우연히 그의 소식을 듣게 되었다. 그가 결혼 생활을 정리하고 한국에 돌아와 양평의 작업실에서 혼자 지내고 있다는 이야기였다. 그가 나를 보고 싶어 하더라는 지인의 말에 나도 모르게 고개를 끄덕였다.

"저도 만나고 싶어요."

뜨거운 여름이었다. 우리는 그렇게 해후했다. 그도 나도 나이가 제법 든 상태였다. 그의 작품이 놓여 있는 작업실처럼 그는 편안하고 동시에 낯설었다. 작업실 뒷마당에서 화이트와인과 올리브를 먹으며 선탠을 즐기기도 하고, 그가 해준 가정식 백반을 주물난로 앞에서 맛나게 먹으며 이것이 인연인가 잠시 생각하기도 했다. 결국 나는 카메라와 운동화 한 켤레를 그의 작업실에 남겨둔 채 다시 그를 떠났다. 인연이란 이토록 명이 길기도 하지만, 스쳐지나가는 인연 또한 만들어내는 것이 사람이로구나 하고 오래 생각했다. 그러나 그는 변함없는 나의 첫사랑이었다.

집으로 돌아온 라마는 한시도 내 곁을 떠나려 하지 않았다. 잠결에도 퍼뜩 깨어 물끄러미 나를 바라보는 라마의 모습은 어쩐지 행복해 보였다. 나는 황금빛 털로 뒤덮인 이 짐승이 나와 평생 보내게 될 나날들이 행복으로만 가득하기를 간절히 바랐다.

그러나 사람을 사랑하는 건 조금 다르다. 누군가를 사랑하고 미래를 꿈꾸는 것에는 기대감이 실린다. 그저 한 번만 봤으면 좋겠다는 기대가 좀 더 오래 함께 있고 싶다는 기대로 바뀌고, 나아가 그 사람이 내가 기대했던 것보다 더 나은 사람이길 바라게 된다. 그런 바람과 기대는 이내 불평이나 실망으로 이어진다. 이전에 쌓아온 기다림과 그리움의 시간은 그 작은 균열로부터 밀려드는 불안과 후회라는 감정을 이기지 못한다. 한때는 모든 것을 걸 수 있을 것 같았던 사랑도 종국에는 무책임해질 수 있는 것이다. 그래서 사랑은 키우는 것보다 지키는 것이 더 어려운 일 아닐까?

나는 라마에게만은 섣부른 기대와 실망으로 흔들리는 사랑은 주지 않겠다는 맹세를 스스로 꽤나 여러 번 한 듯하다. 그리고 칠 년을 훌쩍 넘어 십사 년째 굳건히 그 맹세를 지키고 있다. 지금 내가 라마에게 바라는 건 단 한 가지. 그저 내 식구로 덜 아프면서 조금 더 오래 내 곁에 머물러주는 것뿐이다. 그건 정말 기적 같은 일이겠지, 라마야.

지나간 나날들 역시 나의 일부이고
그 시간을 거쳐온 사람이 현재의 나이니

사랑과 집착 사이에서

라마가 나와 십사 년을 사는 동안, 내 곁에서 가장 많은 시간을 보냈던 이가 한 사람 있다. 내가 그를 유심히 보게 된 것은 2002년 겨울 용평의 수하산 문화학교에서였다. 오후 스키를 마치고 일행들과 펜션 운동장으로 들어서는데 창문턱을 짚고 서서 우리를 향해 짖고 있는 라마가 제일 먼저 눈에 들어왔다. 내가 스키를 타고 오는 동안 꼼짝없이 기다려야 했던 라마가 운동장으로 들어서는 차 소리를 듣고 내가 온 줄을 알아차렸던 것이다. 나는 젖은 부츠와 모자, 장갑 등을 챙겨 들고 라마를 부르며 부리나케 방으로 달려갔다. 방문을 열자마자 라마는 이게 몇십 년 만의 상봉이냐는 듯

경중경중 뛰어댔다. 라마를 어르며 밖으로 데리고 나가려 하자, 그가 한발 먼저 나서더니 "라마야, 가자!" 하고는 라마와 함께 운동장으로 달려갔다. 함께 스키를 타던 일행 중 그는 유독 라마가 잘 따르는 사람이었고, 그 역시 누구보다 라마를 예뻐했다.

운동장은 하얀 눈으로 덮여 있었다. 그간 폭설로 내린 눈을 제설차가 담장 쪽으로 밀어놓은 것이 높다랗게 쌓여 흡사 겨울왕국처럼 보였다. 제 몸으로 그 눈을 가르며 라마는 신나게 눈 목욕을 즐겼다. 멀리 산 너머로 해가 그제야 뉘엿뉘엿 지고 있었다. 라마는 노을이 저무는 눈밭에서 그와 함께 실컷 뛰놀다가는 내가 있는 창 근처로 와서 그의 명령에 따라 앉았다가 일어서기를 반복했다. 그렇게 한동안 어울려 뛰어놀던 라마와 그의 모습은 평화롭고 아름다운 파노라마로 내 기억에 아로새겨졌다.

갓 서른 살이 된 그는 언제나 예의 바르고 궂은일에 묵묵히 앞장서는 꽤 멋진 청년이었다. 재주 많고 탐구심도 많고 꿈도 큰 사람이었지만 늘 어느 지점 이상을 넘어서지 못하고 멈춰 서버리는 자신에 대해 번민이 많았다. 삼대독자로 태어나 불화 많은 가정에서 자랐으나 모나지 않고 순수했다. 태생은 자유로운 영혼이나 그에게는 평생을 그를 위해 헌신해온 어머니가 있었다. 그를 자신의 전부로 여기는 어머니에 대해 그는 연민을 느끼면서도 중압감에 시달렸다. 그래서였는지 그는 나의 자유로움을 진심으로 부러워했다. 나는 그에게 이렇게 말했다.

"난 평생 자유롭게 살아왔지만, 그러기 위해서는 나만의 원칙과 가치 기준이 분명해야 했어. 그러다 보니 자기 검열이 굉장히 심해졌지. 너한테 정말 자유가 없는 걸까? 이미 갖고 있는데도 스스로 누리지 못하는 건 아니고?"

그의 풍부한 감수성 이면에는 남들에게 털어놓지 못하는 그늘이 드리워져 있었다. 나는 그의 정서적 부정교합을 누구보다 잘 이해할 수 있었다. 나 역시 그와 비슷한 기분을 맛보며 살아왔으니까.

첫사랑 이후 나의 연애는 그저 누군가가 나를 일방적으로 좋아하거나, 서로 호감을 나누어도 상대가 내 인생에 끼어들라치면 내가 먼저 단호히 차단해버리는 식이었다. 서른일곱 살을 먹고도 나는 참 사랑에 서툰 사람이었다. 그저 내가 사랑이라고 느끼면 사랑인 거고 그 느낌이 사라지면 사랑이 아니었으니, 사랑이란 건 참 변덕스러운 감정이다 싶었다. 나는 늘 사람을 그리워하면서도 진심으로 사람을 사랑하지 못했다. 그것은 내 성장 배경에 차곡차곡 쌓인 사람에 대한 두려움, 그리고 그로 인한 불신 때문이었다.

나와 라마는 그해 겨울을 수하산에서 보냈다. 낮에는 스키를 타고 밤에는 시나리오를 쓰면서 두 달 정도를 머물렀다. 그러던 어느 날 연락 없이 그가 찾아왔다. 그날 저녁 나는 옆방에 머물던 그에게 문자를 남겼다.

– 무지 반갑군. 우주에서 떨어진 선물 같다.

나는 거의 아무도 만나지 않고 조용하게 지내던 터라 내심 사람이 그리웠다. 게다가 라마와 함께 어울리는 그의 모습에 설렌 것도 사실이었다. 그 역시 전부터 나에게 호감을 갖고 있었지만 '어찌 감히'라는 생각에 자신의 감정을 추슬렀다고 했다. 그러나 사랑은 불현듯 찾아오는 것. 내가 보낸 문자 한 통이 그의 마음을 흔들었던 것 같다. 우리는 서로의 감정을 조금씩 확인하면서 사랑에 빠졌다. 그렇게 꿈결처럼 일 년이 흘러갔다.

처음에 그가 나에게 결혼에 대해 이야기했을 때, 나는 겉으로는 코웃음을 치면서 가볍게 넘겼지만 사실 많이 떨렸다. 그가 나를 평생의 동반자로 진지하게 생각하고 있다는 게 싫지 않았다. 그의 누나와 매형을 만났을 때, 동생보다 일곱 살이 많은 연상의 여자친구와 누나 부부의 관계도는 묘하게 얽히고설켰다. 사실 나에게는 가족이나 혈연관계라는 개념이 크게 중요하지 않았기에 그런 것조차 재미있게 느껴질 뿐이었다. 우리를 아는 사람들은 한마음으로 축복해주었고 하루하루가 순조로운 나날들이었다.

그러던 중 그가 집에서는 커플 반지를 끼지 않는다는 것을 알게 되었다. 누군가 만나는 사람이 있다는 사실을 어머니에게 감추려 했던 것이다. 나는 짐작했던 것보다 그와 어머니의 관계가 훨씬 복잡하게 엉켜 있음을 눈치챘다. 그는 어머니의 아들이지만 때로는 남편이었으며, 그분의 삶에 유일한 희망이었다. 그가 어머니에게 마침내 우리의 관계를 알렸을 때, 그의 어머니는 식음을 전폐하며 결사적으로 반대했다. 심지어 죽겠다는 위협도 마다하지 않았다. 그리고 며칠 후, 그에게서 이별 통보가 날아왔다. 나는 그의 어머니 때문에 결혼이 쉽지 않겠다고는 생각했지만, 그것 때문에 헤어질 거라고는 상상도 못 했다. 벼락이라도 맞은 듯한 기분이었다. 결국 우리는 그렇게 헤어졌다.

사실 나는 이 이야기를 글로 토해내도 괜찮을지 오랜 시간 망설였다. 내 인생에서 가장 고통스럽고도 어리석은 순간들이었기에, 그 후로 지금까지 그때의 기억들은 떠올린 적도 없이 지내왔다. 처음 그와 헤어지고 나서도 육 년이 더 지난 후에야 완전히 끝낼 수 있었던 악연. 누군가를 이렇게까지 사랑할 수 있을까 싶을 만큼 행복했던 기억들조차 마지막 이 년 동안의 막장 드라마 속에서 희석되고 굴절되어 우리가 정말 그때 행복했는지, 그건 대체 사랑이었는지 집착이었는지조차 기억나지 않는다. 시간이 퇴적한 거친 모래 더미를 헤치고 걸어가 그 자취를 담담히 돌아보기엔 해묵은 상처들이 너무나 아리다. 사람들의 말처럼 시간은 약이 되었을까? 약이 되었는지는 잘 모르겠으나, 봉합은 웬만큼 된 것 같다. 다시 상처가 벌어지거나 덧나지 않는다는 전제하에 말이다. 어쨌거나 나는 아직 사랑을 믿고, 앞으로 남은 내 인생에 진정한 사랑이 다시 찾아올 거라는 순진한 희망을 갖고 있으니 용기를 내보련다. 지나간 나날들 역시 내 삶의 일부이고 그 시간을 거쳐온 사람이 바로 현재의 나이니.

그는 난데없이 이별을 통보한 후 삼 개월이 못 되어 다시 나를 찾아왔다. 그를 향한 마음을 정리하지 못했던 나는 만취해 나타난 그를 아무 일도 없었다는 듯이 맞아주었다. 나 없이는 살 수 없다는 그와 그렇게 재회하여 삼 년을 보내면서 우리는 서로에 대한 믿음으로 넘지 못할 산이 없다고 다독였다. 우리는 함께 기다리기로 했다.

그러던 중 그의 어머니에게서 만나자는 연락이 왔다. 절대 만나지 말라는 그의 만류를 무릅쓰고 나는 정면으로 이 난관을 돌파해 보기로 했다.

"우리 아들 말로는 헤어졌다던데, 이제 그만 엔조이로 끝내!"

그의 어머니는 내 심장에 비수가 되어 꽂힌 한마디를 비명처럼 내질렀다. 그리고 나에게 다시는 그를 만나지 않겠다는 각서를 쓰라고 했다. 나는 사랑하기 때문에 못 쓴다고 떨리는 목소리로 대답했다. 어머니 앞에서는 꼿꼿한 척했지만, 혼자 돌아오는 길 위에서 그동안 그가 나와 헤어졌다고 거짓말을 해왔다는 사실에 무릎이 꺾였다. 그날 밤 친구와 함께 술을 많이 마셨다.

"뺨은 안 때렸어?"

"안 맞았어."

"너 할 만큼 했어. 그 친구는 그런 사람이야. 절대 어머니 못 떠나."

그에게서 계속 전화가 왔지만 받지 않았다. 여기까지야. 이 상황은 더 이상 나아질 수 없으니까.

새벽에 그가 집으로 찾아왔다. 어머니를 설득하려면 시간이 필요하다고 했다. 불길한 예감을 떨칠 수 없었지만 나는 우리가 이렇게 끝날 인연이라고 생각하고 싶지 않았다. 설령 그것이 미련이라고 해도 그런 회의감만큼이나 그에 대한 연민과 사랑도 컸다. 그러나 그런 식의 만남과 헤어짐을 몇 번 반복하면서 나는 많이 지쳐갔다. 일을 핑계로 그를 떠나 미국에서 얼마간을 보냈다. 다시 그를 봤을 때는 내 안의 불씨가 거의 소강되었음을 선명하게 느꼈다. 서글픔과 안도감이 동시에 밀려왔다. 나를 붙잡는 그에게 이제 지쳤으니 그만하자고 했다. 내 나이 어느새 마흔둘이었다.

그때가 마지막이었다면 얼마나 좋았을까. 아름답게 서로를 떠나보낼 수 있는 마지막 기회였는데. 우리는 왜 막장의 막장까지 추락해 서로를 증오하면서 뒤돌아서게 될 줄을 몰랐을까. 나는 끝내 그의 손을 뿌리치지 못했던 것을 지금도 후회한다. 당시 나에게는 일말의 인내심도 남아 있지 않았는데 말이다. 거짓말, 그 지긋지긋한 거짓말이 또 드러났고, 지칠 대로 지친 내 심신은 전보다 강한 절망과 배신감, 분노에 휩싸였다. 그 무렵의 나는 건들기만 해도 터져버리는 폭발물과 같았다. 어쩌면 그가 묘한 경계선에서서 내가 무너지기를 기다리고 있는 것일지도 모른다는 생각마저 들었다. 나는 마침내 무너졌고, 치졸하고 추한 나락으로 떨어졌다. 폭력 행사도 서슴지 않았다. 통제력을 잃은 채 그의 따귀를 때리고 발길질을 했다. 그리고 어느 순간 정신을 차리고 보니 고속도로 한가운데에서 울부짖고 있었다.

정신이 번쩍 들었다. 나의 밑바닥은 처참했다. 이 지옥과도 같은 상황에서 벗어나야 한다는 생각은 한참 뒤에나 할 수 있었다. 나는 내 마음의 탐진치그칠줄 모르는 욕심, 노여움과 성냄, 어리석음를 버리기 위해 암자에 들어가 미친 듯이 기도했다. 나 자신의 어리석음에 대한 분노는 그 후로도 이 년은 더 나를 더 붙잡고 있었지만, 나는 나를 사랑하지 않고 나를 아끼지 않으면서 누군가를 사랑할 수는 없다는 사실을 깨달으며 서서히 회복해갔다.

캄보디아 앙코르와트 서쪽 회랑 끝에는 사람을 속이는 대죄를

범한 자가 온몸에 못이 박히는 가장 가혹한 형벌을 당하는 장면을 묘사한 부조가 있다. 나는 그곳에 칠 년 동안 내 머리맡에 두었던 우리의 사진을 태워 묻었다. 우리 두 사람을 태운 배는 햇빛 반짝이는 바다를 향해 출항했지만, 스스로 자초한 거친 풍랑 속에서 표류하다가 결국 빠져나오기 힘든 소용돌이 안으로 조타하여 침몰했다. 서로에게 결코 지워지지 않는 낙인을 남긴 채로.

요즘 나는 누가 연애에 대해 물으면 "인생의 삼 분의 이를 다 산 마당에 요단 강 건넜어요. 이혼남, 상처남 받아요" 하며 허허롭게 웃으며 농담으로 답한다. 전쟁 같은 사랑을 겪으면서 나는 남자들 중에 내 인생을 걸 만큼 가치 있는 동물은 없다고 과감히 결론짓기도 했다. 그런 내가 십사 년째 라마에게 내 인생을 맞춰가며 살고 있는 걸 보면, 이제는 제대로 사람을 사랑할 준비가 되지 않았나 싶기도 하다. 김동률의 노래 가사처럼 함께 있는 것만으로 날 너그럽게 만들고 더욱 착해지게 만드는 그런 사람을 기다릴 준비가.

이십 년이 흘렀어도
우리가 기다려온 좋은 시대는
아직 오질 않고

영원한 지하철 1호선, 영원한 청년 김민기

2014년 3월 어느 날, 학전 블루에서 신년회를 한다는 문자 연락을 받았다. 늘 하는 신년회치고 좀 늦은 감이 있었다. 참석하지 못한 지 몇 해가 됐지만 올해는 가기로 했다. 최근 들어 부쩍 김민기 선생님이 그리웠기 때문이다. 집에 들러서 라마를 건사하고 나가려면 시간이 촉박할 듯했다.

만으로 열세 살이 된 라마는 예전과 달리 일고여덟 시간 이상 배뇨를 참지 못한다. 보통 개의 나이를 사람 나이로 환산할 때 제 나이에 7을 곱한다는 걸 생각해보면 라마는 사람 나이로 아흔한 살인 셈이다. 요즘 나는 모시고 산다는 표현이 맞을 정도로 라마의 상태를 예의 주시하고 있다. 처음 라마가 배변 실수를 했을 때는 많이 당황스러웠지만 야단칠 일이 아니었다. 나이가 드니 방광 조절 능력도 당연히 떨어지는 것이리라.

"미안해, 라마야. 내가 처음부터 너를 자유롭게 키우지 않아서 그래. 나이 들면 서로 민망하고 당황스러운 상황들이 생기는 거야. 그러니까 괜찮아. 괜찮아, 라마야."

나는 라마가 편히 쉴 수 있도록 이것저것 챙겨준 후 서둘러 집을 나섰다.

2011년 3월 10일부터 열렸던 학전 20주년 기념 공연 이후, 참 오랜만에 친정을 찾았다. 나의 이십 대가 고스란히 숨 쉬고 있는 소극장 학전. 1994년 〈지하철 1호선〉 초연을 시작한 곳이고, 그 전해에는 연출자 김민기 선생님과 배우 방은진이 처음 만나 환상적인 공연을 했던 곳이다.

"얘들아! 나 왔어! 나!"

어느 극단 신년회에 들어서는 사람이 이런 식일까. 하지만 학전에서 나는 왕언니, 왕고참, 대걸레(〈지하철 1호선〉에서 내가 맡았던 배역 이름이 '걸레'인데, 내가 배우 중 최고참이라서 '대걸레'라고들 부른다)이고, 김민기 선생님을 빼면 서열 1위에 해당하니 그런 과감한 등장이 용납되었다.

얼마나 보고 싶었던가. 그들이, 그리고 그 시절의 내가. 〈지하철 1호선〉을 거쳐간 배우들은 삼백 명은 족히 된다. 물론 그들이 신년회 자리에 다 오는 건 아니지만, 시간이 나는 사람만 모여도 어엿한 대가족이다. 우리 지하철 멤버들은 1000회, 2000회, 3000회, 4000회 공연 때마다 끈덕지게도 모여서 기념 공연을 해왔다. 질기고 애틋한 인연이다.

"선생님은?"

"내려오셨다가 올라가셨어요."

나는 혼자 선생님 작업실로 올라가 문을 두드렸다. 익숙한 냄새가 스며 나온다. 책장에 빼곡한 책, 음반, 간이침대를 지나치면 구석 책상에 앉아 자욱한 담배 연기 속에서 바깥의 소란에도 아랑곳않고 뭔가에 열중해 있는 김민기 선생님의 뒷모습이 보인다. 시간은 그렇게 멈추어버린다. 이렇게 가까이 왔는데도 나의 인기척을 전혀 눈치채지 못하는 선생님. 왠지 코끝이 알싸해졌다.

"쌤, 저 왔어요. 은진이."

선생님은 돋보기 너머로 슬쩍 눈을 들어 내 모습을 확인하고는 마치 어제 만나고 오늘 보는 사람인 양 덤덤히 반기셨다. 거의 모든 것이 그대로다. 그동안 학전을 이끌면서 받은 상패나 트로피가 조금 늘었고, 선생님의 눈가와 입가에 늘어난 주름만큼의 시간이 지났을 뿐.

김. 민. 기.

1970년대의 시대정신이자 작곡가, 작사가, 편곡가, 극작가, 연출가, 뮤지컬 연출가, 뮤지컬 기획자이며 뮤지컬 제작자인 천재 악동 김민기. 이제는 환갑도 훌쩍 지나 언제부터인가는 만나면 "나, 할아버지야" 하시지만, 내게 김민기는 영원한 청년이다.

김민기 선생님과 나의 인연은 이십 년의 세월을 거슬러 올라간다. 1993년 나는 톰 스토파드★ 원작 〈계단을 내려가는 화가〉에서 여주인공 소피 역을 맡았다. 그 작품의 연출자가 바로 선생님이었다. 그때 맺은 인연으로 나는 이듬해인 1994년 〈지하철 1호선〉의 초연 멤버가 되었다.

〈지하철 1호선〉은 독일 작가 폴커 루드비히가 쓴 작품이다. 르뷔 형식★★과 카바레 형식★★★이 복합된 록 뮤지컬로 독일에서는 이미 유명한 작품이었다. 김민기 선생님은 홀로 이야기의 틀을 바꾸고 인물 하나하나를 재창조하는 동시에 작사와 편곡까지 하셨다. 이 년여의 시간 동안 공을 들인 끝에 〈지하철 1호선〉은 원작의 아성을 뛰어넘어 너무나 한국적인 이야기로 탈바꿈했다.

★톰 스토파드
영화 〈셰익스피어 인 러브〉의 시나리오 작가.

★★르뷔 형식
노래, 춤, 음악, 마임 등 다양한 표현 양식을 동원해 에피소드를 보여주는 구성 방식.

★★★카바레 형식
노래와 춤을 통해 사회와 정치를 풍자하는 즉흥극.

김민기 선생님은 〈아침이슬〉을 비롯해 〈거치른 들판에 푸르른 솔잎처럼〉, 〈혼혈아〉 등 사회적인 메시지가 드러나는 곡을 많이 만드셨다. 선생님이 지나온 1980년대는 극단 사무실의 전화가 도청되던 시절이었다. 구금과 연행, 검열의 시대를 거쳐오며 노래와 이야기로 나라를, 사람들을 위로하며 깨워 일어나게 하려는 선생님의 의지는 〈지하철 1호선〉에도 고스란히 담겨 있다.

선생님은 배우 설경구, 이두일, 김승욱, 김효숙, 방은진을 비롯해 가수 윤영로, 성악가 이미옥, 무용가 김윤수, 그리고 오늘날 세계적인 재즈 보컬리스트로 자리매김한 나윤선까지, 각기 태생부터 개성과 특기 모두 제각각인 우리들을 불러 모아 본격적인 공연 연습을 시작하셨다.

록 뮤지컬 〈지하철 1호선〉은 라이브 밴드의 연주에 맞춰 공연이 이루어지는 방식을 취했다. 게다가 한 배우가 다수의 역할을 하는 롤 플레이 형식이라 맡은 배역에 따라 성격 창조를 달리해야 했고 의상과 분장도 배우들의 몫이었다. 옷을 갈아입고 등장했다가 퇴장하는 타이밍과 솔로곡과 합창곡의 배분 또한 복잡하고 만만치 않은 작업이었다.

"저는 김민기 선생님 때문에 결국 뮤지컬 배우의 길을 포기한 아픔이 있는 배우입니다."

나는 선생님 앞에서 곧잘 이렇게 말하곤 했다. 걸레를 연기하기에 내 목소리는 너무 낭랑했다. 거친 목소리를 만들려고 밤새 미친 듯 술을 퍼부어대고 악을 써 성대에 흠집을 내가며 한 천 번쯤 불렀을까? 그래도 선생님의 기대에는 못 미쳤기에 참 속도 많이 상했다.

드디어 초연의 날이 왔다. 밴드의 음악 소리가 포효하면 소극장 무대에는 노숙자들이 뒹굴고 있는 지하철 역사가 나타나고 소위 말하는 삐끼 아줌마가 새벽부터 호객 행위를 하는 장면으로 공연이 시작된다. 백두산에서 만난 한국인 남자 친구를 찾아 연변에서 온 조선족 '선녀'는 지하철 1호선에서 각기 다른 사연을 가진 밑바닥 인생들을 마주친다. 사랑을 찾아 온 순수한 선녀의 눈에 비친 서울은 소외와 무관심으로 일관된 차가운 도시다.

> 서울, 하늘 아래 단 한 곳, 사방이 온통 남쪽뿐인 이상한 도시. 펄펄 끓는 가마솥도 이보다는 더하지는 못하리. 견디기 힘든 이 열병이 끝나지 않는 한 노래를 부르리. 서울의 노래. 불로소득자들의 낙원이여, 나라의 절반이나 되는 도시여. 공룡 모양의 커다란 풍선, 그 속엔 죽음의 아황산가스뿐. 곡식 한 톨 자라지 못하고, 강에는 등 굽은 물고기뿐인데, 거대한 자석에 붙어 떠나지 못하는 사람들의 이상한 도시. 너, 청와대와 총독부, 또 주둔군 사령부. 노래를 부르리. 서울의 노래. 너, 투기꾼들의 낙원이여, 기생충들

의 천국이여. 창녀들의 보금자리, 외국 사람들의 파라다이스. 가지도 못하는 자동차, 취직도 못하는 고학력. 입시지옥, 교통지옥, 한옥은 달동네에만 남았네. 나뭇등걸도 없이 육백 년을 자라온 너. 거대한 독버섯 서울특별시여. 토해논 라면을 밟고서 배기가스를 마시며 난 노래를 부르리. 서울의 노래.

–극중 '안경'이 부르는 〈서울의 노래〉

선명하게 떠오르는 광안리의 파전집. 1996년 지방 공연 전체 일정을 마친 우리들은 출근하는 차량들과 갈매기가 먹이를 찾으러 날아오르는 동튼 바다를 보며 징그럽게 마시고 웃고 위로하고 위로받았다. 당시에는 누구도 이 뮤지컬이 장장 십오 년 동안 칠십만 명의 관객과 만나게 될 기념비적 작품이 되리라고 예상하지 못했지만 열정과 사명감, 꿈으로 가득 찬 시절이었다. 2008년에 열린 4000회 기념 공연을 끝으로 멈출 때까지 〈지하철 1호선〉은 열심히 달렸다.

나는 지금도 선생님이 편곡과 작사를 하면서 조금씩 덧대고 보완하고 수정한 초연 악보들을 갖고 있다. 이십 년이 흘렀어도 〈지하철 1호선〉이 던지는 사회적 화두는 크게 달라지지 않았다. 여전히 청년들은 순수한 마음으로 사회와 마주하고 각박한 현실에 좌절한다. 우리가 기다려온 좋은 시대는 아직 오지 않았다. 그럼에도 불구하고 눈물을 훔치고 일어나야 한다. 굽은 어깨를 으드득 소리 나게 펴야 한다. 그러기 위해서는 용기와, 어쩌면 희망이 필요하다. 나 역시 그럴 것이다. 선생님이 자장가 삼아 들어보라며 무심하게 내밀었던 앨범 속에서 만난 그분의 낮은 목소리, 고단한 기다림의 연속인 삶을 견딜 수 있도록 위로를 전하는 당신의 노래를 적어본다.

봉우리

사람들은 손을 들어 가리키지. 높고 뾰족한 봉우리만을 골라서.
내가 전에 올라가보았던 작은 봉우리 얘기 해줄까?
봉우리.
지금은 그냥 이주 작은 동산일 뿐이지만
그래도 그때 난 그보다 더 큰 다른 산이 있다고는 생각지를 않았어.
나한텐 그게 전부였거든.
혼자였지.
난 내가 아는 제일 높은 봉우리를 향해 오르고 있었던 거야.
너무 높이 올라온 것일까. 너무 멀리 떠나온 것일까. 얼마 남지는 않았는데.
잊어버려.

일단 무조건 올라보는 거야. 봉우리에 올라서서 손을 흔드는 거야. 고함도 치면서.
지금 힘든 것은 아무것도 아냐.
저 위 제일 높은 봉우리에서 늘어지게 한잠 잘 텐데 뭐.

허나 내가 오른 곳은 그저 고갯마루였을 뿐.
길은 다시 다른 봉우리로.
거기 부러진 나뭇등걸에 걸터앉아서 나는 봤지.
낮은 데로만 흘러 고인, 바다.
작은 배들이 연기 뿜으며 가고.

이봐, 고갯마루에 먼저 오르더라도 뒤돌아서서 고함치거나 손을 흔들어댈 필요는 없어.
난 바람에 나부끼는 자네 옷자락을 이 아래에서도 똑똑히 알아볼 수 있을 테니까 말이야.
또 그렇다고 괜히 허전해하면서 주저앉아 땀이나 닦고 그러지는 마.
땀이야 지나가는 바람이 식혀주겠지 뭐.
혹시라도, 어쩌다가 아픔 같은 것이 저며올 때는 그럴 땐 바다를 생각해. 바다.
봉우리란 그저 넘어가는 고갯마루일 뿐이라구.

하여 친구여 우리가 오를 봉우리는

바로 지금 여긴지도 몰라.

우리 땀 흘리며 가는 여기 숲 속의 좁게 난 길.

높은 곳엔 봉우리는 없는지도 몰라.

그래 친구여 바로 여긴지도 몰라.

우리가 오를 봉우리는.

내 마음의 거울, 네 눈의 거울

밤새 수술을 받은 라마는 허리 아래로 붕대를 칭칭 감은 채 앞발에는 링거 주사를 맞으며 뒷벽에 붙어 있는 거울을 바라보고 돌아누워 있었다. 슬그머니 입원실 앞으로 다가간 내가 거울에 비치자 라마가 쓰윽 뒤를 돌아보았다.

라마는 나를 확인한 순간 몸을 일으키더니 앞발로 몸을 끌며 나에게 두 걸음 다가왔다. 수술 받은 뒷다리로는 아직 몸을 지탱할 수 없는 상태였다.

"안 돼. 일어서지 마, 라마야. 다리 아프니까 그냥 엎드려 있어."

애써 몸을 일으키려는 라마의 모습에 나는 엉금엉금 기어가 라마를 껴안았다.

고관절 수술을 받은 라마는 입원해 있는 동안 종종 거울에 비친 자기 얼굴을 물끄러미 바라보곤 했다. 원장님과 병원 식구들도 모두 신기해했다. 그렇게 며칠이 지나자 자기 모습에 심취한 것처럼 보이던 라마는 급기야 우울증에 빠져버렸다. 개가 우울증에 걸리면 자신이 좋아하던 놀이나 주인의 행동에도 아무 반응을 보이지 않는다. 먼 곳을 향해 오랫동안 짖거나 제 꼬리를 물려고 빙빙 돌기도 한다. 식욕마저 떨어진 라마는 활기를 잃은 채 하염없이 거울에 비친 제 모습만 바라보았다. 집으로 돌아와 안정을 취하면서 다행히 나아졌지만, 거울을 보다 우울증에 걸린 개라니. 도대체 라마는 거울 속에 비친 자신에게서 무엇을 보았던 것일까?

"은진아, 나 말야. 나 진짜 배우 안 됐으면 미친년 소리 듣지 않았겠니?"

나는 그녀 이혜영의 엉뚱한 한마디에 순간 피식 웃음이 나왔다.

당시 나는 〈햄릿 1999〉에 오필리아 역으로 출연하고 있었다. 햄릿은 유인촌, 오필리아의 오빠 레어티스는 최민식, 그리고 햄릿의 어머니 거트루드는 이혜영 선배가 맡았다.

"왜 은진이 너는 오필리아고 나는 거트루드니? 엄마보다 더 나이 많은 아들이 말이나 되니?"

햄릿 역을 맡은 유인촌 선배가 그녀보다 실제로 나이가 많아서 던지는 통이었다. 카랑카랑한 목소리와 날카로운 콧날, 아치형의 눈썹과 조금 긴 듯한 얼굴선. 이혜영 선배는 가히 압도적인 존재감을 가진 배우였다.

그녀는 공연 두 시간 전부터 분장을 시작했다. 나 역시 두 시간 전에 공연장에 오지만, 선배들이 분장을 마칠 때까지 무대에 서보거나 몸을 풀면서 순서를 기다렸다. 하지만 그녀는 그 두 시간을 고스란히 거울을 보는 데 쏟았다. 처음에는 그 긴 시간 동안 자신의 얼굴을 들여다보는 그녀가 나르시시스트라고 생각했다. 한데 그녀와 가까이 지내다 보니 그 두 시간의 분장은 비단 자신을 아름답게 치장하는 시간만이 아님을 알게 되었다. 선배는 『실낙원』에서 이브가 처음으로 수면에 비친 자신을 마주한 순간처럼, 거울에 비친 자신의 모습을 통해 역할 속에 빠져들었다. 역에 몰입하는 그녀만의 방법이었다. 나는 그녀가 거울을 통해 자기최면과 이성적인 객관화 사이를 오가는 행위 자체를 즐기고 있다는 것을 깨달았다.

나는 거울 앞에서 혼자 분장을 하고 있는 그녀의 모습을 보는 게 마냥 좋았다. 매 공연마다 온 정성을 다해 자신의 역할에 빠져드는 그녀의 진정성을 사랑했다. 누군가 거울 앞에서 분장하고 있는 여배우의 모습을 사진으로 담고 싶다면 주저하지 않고 그녀를 추천하겠다.

"은진아, 넌 어제 내 연기에 대해서 아무 말도 안 하는구나?"

선배는 특유의 말투로 말했다. 비록 내가 후배이긴 하지만 선배는 자기 연기에 대한 나의 모니터링에 귀 기울였다. 그녀는 천의 얼굴을 갖고 있다고는 할 수 없는 개성 강한 배우였다. 해외 생활과 출산으로 인한 칠 년간의 공백은 그녀를 목마르게 했고, 돌아온 무대에서 그녀는 조금은 녹슨 자신의 연기에 대해 끊임없이 고민했다.

1981년 뮤지컬로 데뷔한 선배는 영화 〈겨울 나그네〉로 대종상 여우조연상을 수상하며 카리스마 넘치는 독특한 여배우로 자리매김했다. 그러나 긴 공백 이후 2002년 류승완 감독의 영화 〈피도 눈물도 없이〉로 스크린에 복귀했을 때 적지 않은 어려움을 겪기도 했다. 류승완 감독은 성격이 급하고 직선적인 사람인 데다가 촬영 방식도 남다르다. 그의 머릿속에는 컷들을 어떻게 활용할지 편집본이 들어 있기 때문에 필요한 컷들만 분절해서 찍고 마스터 샷★을 거의 찍지 않는다. 배우 이혜영에게는 감독 류승완의 연출 방식이

★마스터 샷
하나의 씬을 객관적인 앵글로 처음부터 끝까지 쭉 연결해서 찍는 것. 배우 입장에서는 감정선이 연결되므로 가장 자연스러운 연기가 나올 수 있다.

어렵게 느껴졌던 것이다. 물론 고故 이만희 감독님의 딸이니만큼 누구보다 감독을 존중하고 신뢰하는 배우였기에 그녀는 감독의 지시에 맞추기 위해 부단히 노력했고 나와도 많은 이야기를 나누었다.

그 무렵 나는 감독이 되기 위해 긴 방황을 하고 있었기에 주변 사람들과 연락하고 지낼 여력이 없었다. 처음 준비하던 작품에서 이혜영 선배를 추천했다가 주위의 반대를 물리치지 못해 시나리오도 못 건넸던 게 내내 마음에 걸리기도 했다. 늘 영화로 그녀와 재회하기를 기다렸지만 번번이 작품이 무산되면서 그녀에게는 본의 아니게 무정한 후배가 되고 말았다.

그사이 선배는 드라마 〈미안하다, 사랑한다〉에서 오들희 역할을 멋지게 소화하며 한바탕 센세이션을 일으켰고, 이후 〈꽃보다 남자〉의 구준표 엄마 역으로 십 대에게까지 인지도를 넓혔다. 다시 연극 무대로 돌아와서는 〈헤다 가블러〉로 동아연극상 연기상을 수상하기도 했다. 그녀는 여전히 거울 속에서 상이 빠져나가듯이 불현듯 우리 앞을 떠났다가 아주 살짝 변한 모습으로 슬쩍 돌아와 깊은 각인을 남기고 있다. 나는 나의 조언을 가슴에 담은 채 연기하는 그녀를 무대 뒤에서 지켜보던 그때처럼 언제나 그녀의 행보를 지켜보며 응원해왔다.

나는 여배우 이혜영의 진짜 모습을 본 적이 있다. 선배의 딸 하연이와 함께 셋이서 캐리비안 베이에 갔던 날, 긴 공백으로 얼굴을 알아보는 사람이 거의 없었건만 태생이 배우였던 그녀는 사람들의 시선에서 자유롭지 못했다. 그녀는 사람들이 드문 어린이 수영장에 가서야 비로소 물에 몸을 담그고는 천진한 웃음을 지었다. 언제나 강렬한 배우의 매너가 몸에 배어 있던 그녀가 마치 어린 소녀처럼 물장구를 치며 즐거워했다. 특유의 웃음소리를 내며. 나는 그날 처음 본 그 어린 소녀가 배우로서 끊임없이 열정과 노력을 쏟아내는 이혜영의 본질이라는 것을 안다. 하여 그 소녀가 참 그립다.

그리움이란 기다림의 다른 말이 아닐까? 그리워하는 사람은 언젠가 만나기 마련이라 한다지. 다음 작품에는 꼭 그녀를 캐스팅하고 싶다. 그때가 오면 선배는 그 카랑카랑한 목소리로 틀림없이 이렇게 말할 것이다.

"은진아, 넌 어떻게 이제야 날 캐스팅할 생각을 하니?"

또 여지없이 그녀 앞에서 나는 작아지겠지.

우리가 있잖아요!

"라마야, 쐐기 갖고 와!"

쐐기는 앞을 뾰족하게 삼각으로 깎은 나뭇조각으로 촬영 현장에서 이동차나 카메라의 수평을 잡을 때 사용한다. 한데 라마에게 쐐기를 가져오라고? 촬영부 중 누군가 인사하듯 그렇게 말을 건넸다. 라마는 〈오로라 공주〉 현장에 자주 왔었기에 현장 분위기에도 익숙한 편이었는데, 카메라가 중요하다는 것을 알기라도 하는 양 그 옆에 딱 붙어 꼬리를 흔든다. 물론 감독이, 그것도 초보 감독이 큰 개를 데리고 현장에 나오는 것을 모든 스태프들이 곱게만 보지는 않았을 것이다. 나 또한 모든 사람이 개를 좋아하지는 않는다는 것을 경험적으로 알고 있고, 개중에는 꼴 사납게 보는 시선도 있다는 것을 안다.

다행히도 〈오로라 공주〉 현장에서 라마는 많은 이들에게 사랑을 받았다. 촬영이 시작되면 제자리를 묵묵히 지켰고, 낯선 장소에서도 동네 개들이 짖는다고 따라 짖거나 하지 않았기에 감독 개답다고들 했다. 나는 세트 촬영에 들어가면서 어쩔 수 없이 학교에 재입소시켰던 라마를, 마지막 촬영을 하던 한강 둔치에 모처럼 데리고 나왔다. 그날 한껏 신나하는 라마를 보며, 현장에서 많은 사람들이 라마를 불러주었기 때문에 라마가 그토록 현장을 좋아하는 게 아닐까 싶었다. 내가 현장을 사랑하는 이유처럼 말이다.

영화는 시작부터 끝날 때까지 수많은 인력이 모여 각자의 분야에서 자기 역할을 수행함으로써 만들어진다. 시나리오가 완성되면 투자를 받고 스태프를 구성하며 캐스팅과 오디션을 진행한다. 콘티 작업을 하면서 공간에 맞는 촬영 장소를 섭외하고 세트를 짓고 의상과 소품을 준비하고 촬영 스케줄을 짜는 과정을 프리프로덕션이라 한다. 온전히 촬영에 집중하는 기간은 프로덕션에 해당하고, 편집과 CG, 디지털 색보정과 음악을 포함한 믹싱 작업은 포스트프로덕션에 속한다. 그렇게 완성된 영화는 이제 마케팅과 홍보의 영역으로 넘어간다. 홍보 컨셉에 따라 포스터와 예고편 등을 만들고 배급 날짜에 맞춰 프로모션을 시작하면 드디어 관객과 만나게 되는 것이다.

촬영 현장에 상주하는 스태프만도 얼추 백여 명에 이르고, 후반 작업과 마케팅 스태프에다가 음악 녹음에 참여한 연주자들까지 다 포함하면 적어도 이삼백 명의 사람들이 모여 한 편의 영화가 만들어지는 셈이다. 이렇게 한 영화에 참여한 사람들의 이름을 우리는 엔드크레디트에서 찾아볼 수 있다. 최근작 〈집으로 가는 길〉은 세 나라에서 촬영을 진행했는데, 한국인 스태프 외에도 주 촬영지였던 도미니카 공화국의 인도미나Indomina 프로덕션 측 인원과 프랑스 쪽 스태프까지 합치니 엔드크레디트가 다 올라가는 데만 오 분이 걸렸다.

각 분야에서 최고의 스태프들이 모여 최상의 작업을 할 수 있어야 영화의 질과 만듦새가 좋아진다. 그렇기에 프로듀서와 제작자와 신중하게 협의하여 최고의 키 스태프를 구성하는 일은 감독의 중요한 역할이다. 특히 감독과 촬영감독은 마치 부부 같은 관계로 가장 가까우면서도 때로 부딪힐 수밖에 없는 사이라 하겠다.

〈오로라 공주〉를 함께 작업한 최영환 촬영감독은 〈고양이를 부탁해〉로 데뷔해서 〈범죄의 재구성〉과 〈혈의 누〉를 찍었고 〈타짜〉, 〈도둑들〉 등 흥행작에 참여한 미다스의 손이다. 우리가 그를 섭외할 당시, 그는 이미 두 편의 영화를 검토하고 있었다. 그를 섭외하기 위해 우리 프로듀서는 끈질기게 매달렸고, 나는 인간적인 호소를 함으로써 쌍끌이 전략을 펼쳤다. 진심으로 그가 함께 해주길 바랐던 나는 오글거림을 뒤로하고 '저의 눈이 되어주세요'라고 간절히 부탁했다. 마침내 그가 기다리고 기다리던 답변을 보내왔다.

– 감독님의 눈과 마음이 되어드리겠습니다.

그는 신인 감독인 나에게 많은 것을 느끼게 하고 가르쳐준 사람이다. 나는 그에게서 육안으로 보는 것과 렌즈에 담는 것의 미묘한 차이를 배웠고, 배우와 촬영감독 사이에는 감독이 끼어들 수 없는 영역이 있다는 것을 배웠다. 그는 매우 동물적인 감각을 갖고 있었는데, 똑같은 앵글로 찍어도 그가 카메라를 잡으면 뭔가가 달랐다. 화려한 액션 씬을 찍을 때도 영화에서 배우가 가장 빛나야 한다는 것을 알고 있기에 특유의 감각으로 배우의 감정을 담아냈다. 거기에 빨리 찍기까지 하니 이보다 더 좋을 수가 있을까.

현장에서는 그의 불같은 성질이 불쑥불쑥 튀어나오기도 했는데 그를 잘 모르는 사람이 봤다면 등골이 오싹해질 정도였다. 그런 그가 유독 여자 앞에서는 수줍음을 많이 탔다. 나는 혹시라도 여자 감독과 작업하면서 소통하는 데 답답한 건 없는지 염려되었다.

"이견이 생기면 술 한잔하면서 대화로 풀 수 있으면 좋죠."

실제로 우리는 딱 한 번 크게 부딪쳤고, 그의 말대로 촬영 후 술 한잔으로 풀었다.

그는 내가 감독이 되기 위해 오랜 시간을 기다려왔다는 것을 잘 알고 있었고, 그런 나의 간절함을 충족해준 최고의 촬영감독이었다. 자기 혼자 잘해서 이룰 수 있는 꿈도 세상에는 분명히 있다. 하지만 우리가 꿈꾸는 목표의 대다수는 누군가와 함께 이루어야 하는 것이다. 기회가 찾아왔을 때에는 축배를 들기에 앞서 먼저 최고의 파트너를 찾아야 한다. 최영환 촬영감독은 그렇게 나의 행운이 되어주었다.

〈용의자 X〉를 함께 작업한 최찬민 촬영감독과는 상업영화로 데뷔하기 전부터 꽤 두터운 친분을 쌓아왔다. 그는 나의 첫 번째 단편 〈파출부, 아니다〉와 〈시선 1318〉의 옴니버스 단편이었던 〈진주는 공부 중〉을 촬영해주었다. 제대로 촬영감독 대우도 못 해주고 늘 돈 안 되는 일만 부탁하는 게 미안했는데, 그래도 언젠가는 우리가 함께 장편을 찍을 날이 오지 않겠느냐며 서로를 격려해왔다. 〈백만장자의 첫사랑〉으로 데뷔한 그는 〈포화 속으로〉, 〈그림자 살인〉 등을 찍으며 촬영감독으로서 입지를 굳혔다. 그런 그가 〈용의자 X〉 작업을 함께하자는 내 청을 듣고는 꽤 오래 망설이고 고민했다. 일본판 〈용의자 X의 헌신〉을 좋게 봤기에 한국판 〈용의자 X〉를 멜로로 풀어낸 게 그리 탐탁지 않았던 모양이다. 선뜻 응하지 못하는 그에게 나는 언제고 좋은 작품을 함께 만들 날이 올 테니 부담 없이 결정해달라고 했다. 심사숙고 끝에 그는 오래전부터 기다려온 이 순간을 뒤로 미루지 않기로 했다.

그는 〈용의자 X〉에 참여하기로 결정하면서 내게 뜻밖의 인연을 선물했다. 이른바 조명의 신이라고 불리는 이철오 조명감독을 끌어들인 것이다. 〈집으로...〉로 데뷔한 이후 〈추격자〉와 〈아저씨〉 등의 역작에 참여하면서 그는 충무로에서 섭외 일순위의 조명감독이 되었다. 완벽주의자인 그는 다른 스태프들보다 하루 먼저 현장에 가서 조명을 준비했고, 촬영할 때도 매 컷마다 시간을 들여 조명을 세팅했다. 그런 그를 보면서 나는 감독으로서 한 컷 한 컷이 얼마나 소중한지를 새삼 깨달았다.

유난히 추웠던 현장에서 미처 예상하지 못한 일련의 상황에 한숨짓는 일이 잦았지만, 매 순간 치열하게 고민하고 신랄하게 논쟁하면서 우리는 뜨겁게 서로를 위로했다.

"감독님, 우리가 있잖아요. 걱정하지 마세요!"

대부분의 일이란 게 그렇다. 막연히 머릿속에만 있던 아이템이 기획을 거쳐 하나의 프로젝트가 되고, 그 프로젝트를 실행할 수 있도록 투자를 받고 스태프를 모은다. 그렇게 해서 궤도에 오르기까지는 수많은 우여곡절을 겪어야 한다. 노력만으로 모든 문제가 해결된다면 얼마나 좋겠냐마는 때로는 그 노력에 상응하는 기막힌 타이밍과 행운도 필요하다. 마침내 본격적인 작업이 시작되었을 때 현장에서 많은 사람들이 겪는 어려움의 상당 부분은, 꿈을 이루어나가는 그 순간들이 기대했던 것만큼 순탄하지 않다는 데 있다. 예상했던 문제들보다 더 어려운 난제들은 끊임없이 나타나게 마련이고, 현실의 벽에 부딪쳤을 때 결국 모든 문제를 풀어갈 수 있는 해법은 함께 일하는 사람들에 대한 믿음이다. 이들과 함께 있으니까 해낼 수 있을 거라는 강한 믿음.

〈집으로 가는 길〉의 이모개 촬영감독, 이내경 미술감독, 이병우, 김준성, 신이경 음악감독, 강봉성, 한철희 동시녹음기사, 두 작품 연달아 VFX를 맡아준 김용수 실장, 남종우 프로듀서, 강명찬 프로듀서, 내 첫 조감독이었던 정용주, 두 번째 박성진, 세 번째 권희철, 김성한, 또 내가 사랑하는 스크립터 김수현……. 여기에 다 열거하지 못한 고맙고 소중한 이 사람들은 나에게 가족이나 다름없다. 나는 이 소중한 인연들을 만나서 영화를 만들며 더불어 살아가는 법을 배웠다. 뜨거운 현장에는 영원한 적敵이란 없다. 때로 원수처럼 싸우고 헤어져도 우리는 언제고 또다시 만날 사람들이다. 우리 모두는 꿈꾸는 자이고, 서로가 서로의 꿈의 현장을 지켜주는 사람들이니까.

요즘도 느닷없이 불쑥 안부를 전해오는 이철오 조명감독이 언젠가 그런 말을 했다. 우주에 가서 조명을 하고 싶다고. 그 우주에서 함께 영화를 만드는 감독이 나였으면 좋겠다.

"우리가 있잖아요!"

밤으로의 여행

밤 11시 55분. 리포터의 교통 정보 안내가 시작되면 나는 옆 스튜디오에서 원고를 가지런히 놓고 앉아 헤드폰을 쓴다. 물 한 모금을 머금어 목을 적시고 호흡을 가다듬으면 자정을 알리는 시보가 울림과 동시에 그룹 산타나의 〈Moon Flower〉가 리드미컬하게 흘러나온다. 이어서 프로듀서의 큐 사인이 떨어진다.

"안녕하세요? 밤으로의 여행의 방은진입니다."

너무 낮지도 높지도 않은 목소리에 약간의 경쾌함을 담아 인사를 건넨다. 2007년부터 2010년까지 삼 년 반 동안 나는 매일 자정이 되면 청취자들을 찾아가 그들의 사연을 읽고 음악을 들려주는 라디오 DJ를 맡았다. '방은진의 밤으로의 여행'은 내 이름을 달고 시작한 첫 번째 라디오 방송이었다.

TBS 교통방송 스튜디오는 남산 산자락에 있었다. 나는 매일 밤 방송 시간보다 조금 일찍 도착하여 라마와 함께 가까운 보행로를 걸으며 산책을 했다. 흙길과 돌계단으로 이루어져 있는 샛길을 오르며 라마와 나는 자잘한 숨바꼭질을 즐겼다. 라마가 먼저 뛰어올라가면 나는 굵은 나무 뒤에 숨었다. 내가 따라오지 않으면 라마는 내가 숨은 나무 옆을 후다닥 지나쳐 왔던 길을 달려 내려갔다가 돌아오면서 나를 발견하곤 했다. 비슷한 장난이 몇 번 반복되자 서두르지 않고 주변을 탐색하며 내려오다 나를 찾아내곤 웃음을 던지는 라마. 비 오는 날만 빼고 매일같이 우리는 꽃길을, 낙엽길을, 눈길을 걸으며 이 도시에서 누릴 수 있는 최고의 수목 향기를 마음껏 들이마셨다.

라디오 DJ의 역할은 고정 패널들과 코너를 진행하거나 매주 바뀌는 게스트들을 아우르며 청취자들이 계속 이 방송을 듣고 싶게끔 만드는 것이다. 처음 만나는 사람들이나 잘 알지 못하는 뮤지션들이 와서 기분 좋게 이야기를 나누고 라이브를 할 수 있게 하려면, 일단 내가 먼저 자세를 낮추고 그들에게 다가가 기를 살려주어야 한다. 때때로 말이 서툰 사람의 경우에는 기분 좋은 추임새,

흔히 말하는 리액션을 적절히 넣어주면 술술 이야기가 풀리기도 했다. 나는 '밤으로의 여행'을 찾아주었던 재즈 보컬리스트 웅산, 말로, 블루스 싱어 김목경, 포스트 펑크 뮤지션 황보령 등 수많은 아티스트들과 인연을 맺으면서 이전까지 음악을 편식하던 습관을 버리고 새로운 장르의 음악들을 맛보며 미각을 단련할 수 있었다.

처음 방송을 시작했을 무렵 나는 용인과 부천에서 서울을 오갔다. 호우가 쏟아지고 폭설이 내리는 날이면 제시간에 도착하고자 목숨을 건 질주를 해야 했다. 라이브 진행을 마치면 새벽 2시가 넘은 시각이었기에 집으로 가는 도로 위에서 위험천만한 순간을 여러 번 겪기도 했다. 고민 끝에 나는 상수동으로 이사를 했다. 하필 상수동을 택한 것은 라디오를 진행하면서 친해진 스맥소프트 리더 황보령이 근처에 살았기 때문이었다.

황보령의 첫인상은 남달랐다. 게스트로 출연한 그녀는 내가 아무리 이야기를 끌어내려 해도, 나름 정확히 조준을 해 미끼를 던져도 제대로 걸려드는 것이 없는 묘한 친구였다. 마침 홍대 사운드홀릭에서 그녀의 공연이 있어 찾아갔다. 그녀는 공연장에 찾아온 나를 보고 꽤 의외라고 느꼈는지 고마움을 표했고, 이를 놓칠세라 나는 다른 공연도 같이 보자며 덥석 손을 붙잡았다. 그렇게 우리는 조금씩 서로를 알게 되었고, 나는 음악적 재능 못지않은 그녀의 그림에도 푹 빠져들었다. 내가 상수동으로 이사한 후에는 더욱 서로를 살뜰히 챙겨주는 사이가 되었고, 그녀는 내가 곤경에 처할 때마다 히어로가 되어주기도 했다.

한편 나는 라디오를 진행하는 동안 청취자들과도 깊은 교감을 나눌 수 있었다. 사람의 목소리와 말투에는 어쩔 수 없이 그 사람의 됨됨이나 성격이 드러나기 마련인지라 청취자들은 라디오를 통해 접하는 DJ들의 진솔한 모습에 더욱 친근함을 느끼게 된다. 나 역시 다양한 음악 구성과 잘 짜인 원고의 힘을 빌려, 젊은 층에서 장년층까지 다양한 청취자들과 친구가 되었다. 급기야 열혈 청취자들이 만든 '방은진을 사랑하는 사람들의 모임'이 생겼고, 우리 프로그램의 고정 청취자이자 나의 열혈 팬인 그들에게 무조건적인 호의를 품고 있었던 나는 몇 차례 모임에 참석하기도 했다. 하지만 호의에서 시작된 만남을 계기로 그 후 일 년 넘게 나를 괴롭힌 사건이 일어났다.

팬 카페에서 알게 된 사람들은 '밤으로의 여행'과 방은진을 좋아하는 순수한 마음으로 카페에 가입한 선량한 분들이 대부분이었다. 문제의 인물 역시 처음에는 카페의 임원으로 얼굴을 익혔고, 함께 방송을 하던 프로듀서의 고향 선배라기에 더욱 아무런 적대감 없이 다른 카페 임원들과 마찬가지로 연락처도 주고받았다.

그러던 어느 날 밤늦은 시간에 그가 전화를 걸어왔다. 술에 취했는지 제대로 알아들을 수 없는 말들을 쏟아놓았다. 그 후로 점점 더 전화가 잦아지더니 심지어는 망상에 가까운 얘기를 퍼붓기도 했다. 나는 불안한 마음에 매니저를 고용해 내 전화를 대신 받게 하다가는 결국 전화번호를 바꿨다. 내게 연락이 닿지 않자 그 사람은 점점 더 막 나가기 시작했다. 내가 해외 영화제 심사차 출장을 갔을 때는 집 안으로 막무가내로 밀고 들어와 라마를 돌봐주러 와 있던 이모를 놀라게 하기도 했다. 화가 치밀다가도 두려움이 일었다. 나는 결국 경찰에 신고를 했다.

한동안 잠잠해져 상황이 일단락되었나 싶던 무렵, 생방송을 마친 나는 새벽 3시가 다 되어 집 근처 주차장에 도착했다. 주차장에서 집으로 가는 골목은 꽤 후미지고 인적이 드물었다. 차를 주차하던 나는 헤드라이트 불빛 아래 나타난 사람의 형상에 흠칫 놀라고 말았다. 그 스토커였다. 억! 낮은 비명을 지르며 나는 차를 그대로 후진해 골목을 빠져나왔다. 평소와 달리 라마도 내 곁에 없었다. 라마가 치한을 물리칠 수야 없겠지만, 적어도 라마 정도의 큰 개와 함께 있으면 치한이 쉽사리 접근하지 못하게 하는 효과는 있다. 그가 나를 쫓아오는지 연신 확인하면서 떨리는 손으로 간신히 차를 몰아 가까운 지구대로 향했다. 경찰과 동행하여 주차장에 돌아갔을 때 그는 사라지고 없었다. 경찰은 별일 아니라는 듯 집까지 나를 데려다주었다.

그날 이후로 나는 라마의 볼일 때문에 집 앞에 나갈 때도 불안감을 떨칠 수가 없었다. 여전히 그가 대문 앞에 개 사료를 놔두거나 선물을 놓고 가는 일들이 빈번했다. 문을 열고 나가거나 집으로 돌아오는 길 자체가 공포였다. 그런 나의 사정을 알게 된 황보령과 그녀의 여성 매니저가 내가 라디오를 마치고 돌아오는 시간에 맞춰 주차장에 나와선 집까지 데려다주겠다고 했다. 그들과 함께 있을 때 스토커가 나타난 적은 없지만, 만약 어디선가 나를 지켜보고 있었던 거라면 그들이 함께 있어주어서 무사했던 게 아닐까 싶다. 고맙고 든든했지만 언제까지나 그렇게 지낼 수는 없었다. 결국 집주인에게 사정을 설명하고 이사를 가야 했다. 이제는 시간이 꽤 지나 심리적인 충격과 불안감은 거의 사라졌지만, 스토킹은 당하는 사람의 입장에서는 정말 두렵고 괴로운 일이다.

라디오를 진행하면서 알게 된 사람 가운데에는 그런 악몽 같은 기억을 남긴 이가 있는가 하면, 지금까지 잊지 못하는 청취자도 있다. 그분은 버스를 운전하시는 최찬우 기사님이다. 최찬우 님은 야간 운행을 하실 때 언제나 '밤으로의 여행'을 틀어놓는다고 했다. 휴식 시간에는 문자로 이런저런 소식이나 감상을 전하셨고, 마치 일기를 쓰듯 정기적으로 홈페이지에 글도 올려주셨다. 나는 그 글을 읽으며 소소하고 따뜻한 그분의 심성에 위로받는 한편으로 삶의 지혜 같은 것을 얻곤 했다. 한번은 방송 중에 오늘은 과메기를 사서 집에 들어간다는 문자 사연을 보내오셨기에 나도 좋아한다고 멘트를 덧붙였는데, 며칠 후 직접 수산시장에 가서 사온 과메기를 보내주기도 하셨다.

나는 이분 덕분에 참 특별한 추억을 만들 수 있었다. 애청자였던 최찬우 님의 사연을 전하며 운행하시는 버스를 언제고 꼭 한번 타보겠다고 약속을 했다. 그리고 어느 날, 나는 방송 시간에 맞춰 강남역에서 최찬우 기사님의 버스를 기다렸다. 그날은 생방송이 아니라 녹음 방송분이 나가는 날이었다. 12시가 조금 넘어 버스가 도착하자 나는 버스에 올라 그분께 인사를 하고 운전석 바로 뒷자리에 앉았다. 승객이 많지 않은 막차 시간대, 라디오에서는 내 목소리가 들려왔다. 그렇게 내 방송을 듣는 것도 처음이었다. 버스가 정차했을 때 짧게 몇 마디를 나누었을 뿐 우리는 묵묵히 함께 방송에 귀 기울였다.

사실 그날은 박광정 선배의 급작스러운 부고를 받은 날이었다. 연극배우 시절부터 친분을 이어온 광정이 형은 〈오로라 공주〉에도 출연하며 나와 돈독한 인연을 이어왔다. 그렇게 떠나기에는 너무 젊은 나이였다. 나는 차창에 비치는 내 모습과 겹쳐 일렁이는 도심의 불빛들을 바라보았다. 그것들은 아주 천천히 흘러갔다. 그렇게 삼십 분 남짓 버스는 시내를 관통해 달렸고, 나는 중앙시네마에서 내려 광정이 형을 배웅하러 갔다. 전파를 타고 흘러나오는 내 목소리를 들으며 버스에서 바라본 풍경은 이제껏 살면서 본 가장 쓸쓸한 밤거리였다.

나와 같은 시간을 공유하면서 라디오를 들어준 청취자와 소통하며 사람 냄새 나는 세상을 더 가까이 들여다볼 수 있었던 것은 내게 더없이 소중한 경험이었다. 지금 나는 감독의 길에 전념하고 있지만, 꼭 한번 다시 만나고픈 사람들의 이름도 하나둘 떠오른다. 나를 DJ로 편성해준 이문구 국장님, 맨 처음 함께 작업했던 양승창 프로듀서, 가장 오래 같이 방송한 정경훈 프로듀서, 음악작가 이헌석, 메인 작가 김문숙, 정유선, 위정후, 그리고 가장 오래 함께한 이수진 작가. 삼 년간 순항했던 밤으로의 여행은 그분들이 있었기에 가능했다.

인연이란 대부분 예기치 못한 곳에서 시작된다. 내가 라디오 DJ를 하게 된 것도 김문숙 작가와의 우연한 만남에서 비롯된 일이고, 라디오를 진행하면서 어쩌다 알게 된 사람이 스토커로 돌변하는 바람에 힘든 시간을 보내기도 했다. 나를 지켜주었던 황보령과의 특별한 인연도, 소중한 인연을 떠나보내는 슬픔을 위로받았던 최찬우 님과의 따듯한 추억도 모두 라디오를 하면서 겪은 일들이다. 이처럼 수많은 사람들과의 인연이 만든 기억과 순간순간들이 우리 인생을 반짝반짝 빛나게 하는 것은 아닐까?

나는 지금도 호시탐탐 심야방송 라디오 DJ를 꿈꾸고 있다. 매일 나의 밤 시간을 고스란히 차지했던 '밤으로의 여행'에서 나는 소중한 친구들을 만났으니. 그들이, 그 시간들이 내게는 또 다른 기다림이었다.

6부

어디에 있는가보다 중요한 건 어디로 가는가

이 맨 얼굴을 보기 위해 그렇게 먼길을 걸어야 했구나

떠날 수 있는 사람은 아름답다

라마와 나는 지금까지 도합 네 번의 이사를 했고 드디어 2014년 6월, 꽃들 흐드러진 초여름에 아마도 마지막이 될 이사를 했다. 그렇게 노래 부르던 마당이 있는 '언덕 위의 하얀 집'으로. 물주머니의 먼지까지 탈탈 털고도 엄청난 대출과 이자를 감당하며 어렵사리 내린 결정이었다.

돈이 완전히 바닥나는 순간이 찾아오면 솔직히 살짝 라마가 원망스러워지기도 한다. 어쩜 그렇게 여윳돈이 생기기만 하면 때맞춰 아픈 거니, 라마야. 너를 건사하기 위해 병원에 갖다 바친 돈을 셈하기도 겁이 나는구나. 돈도 돈이지만, 역마살을 주체 못해 세계

곳곳을 쏘다니던 내가 방랑의 기질을 싸매놓고 결국 집을 마련한 것이 더 신기하다. 어디든지 마음 두기에 따라 그곳이 내 집이라 생각하던 나였기 때문이다.

살던 집보다 작은 집으로 이사 갈 준비를 하면서 책이며 옷, 가구를 정리하다 나는 예전 기사를 모아놓은 스크랩북에서 1996년 11월호 잡지(낱장만 남아 있어 잡지 이름을 알아낼 수가 없었다)에 수록된 나의 네팔 여행기를 발견했다. 낡은 스크랩북에 꼭꼭 숨겨놓았던 방랑의 욕망이 불쑥 얼굴을 내밀었다. 그날의 기록으로부터 어느새 십팔 년의 시간이 지난 어느 날, 이사 준비로 쌓아놓은 짐 더미 위에 앉아 나는 그 글을 찬찬히 읽었다. 그러면서 내 영혼은 시간과 공간을 가볍게 뛰어넘어 1996년의 네팔로 날아갔다.

그 무렵 나의 여행은 이렇게 시작되었다.

10월 1일 – 떠남이 어울리는 여자

언젠가 지인이 "방은진처럼 떠나는 것이 어울리는 사람이 또 있을까?"라고 말한 적이 있다. 그 말에 헤헤 웃으면서도 씁쓸함에 웃음 꼬리가 꺾이고 말았다. '지금까지도 떠돌아다니고 있구나. 뚜렷이 돌아올 곳도 없이'라는 자각이 든 까닭이었다.

그럼에도 떠날 기회가 생기면 한 치의 흔들림도 없이 결심해버리곤 했다. 이번 여행을 떠나기 전에도 나는 긴 여행을 다녀왔다. 뉴욕에서 캐나다로 또 일본으로 향했다가 부산국제영화제 행사까지 마치고 거의 두 달 만에 집에 돌아온 참이었다. 8월부터 시작된 여정의 여독이 채 풀리기 전이었지만, 어느새 나는 네팔행 비행기를 기다리며 홍콩 공항 한편에 쭈그리고 앉아 있었다. 배우와 사진작가, 화가, 셋이 떠나는 여행이었다.

10월 2~3일 – 혼돈의 카트만두

던져졌다는 느낌이었다. 홍콩에서 고작 세 시간 날아왔을 뿐인 네팔의 수도 카트만두는 카오스 그 자체였다. 유난히 골목이 많은 카트만두 시내에서는 신호등을 본 기억이 거의 없다(물론 한자리에 너덧 개의 신호등이 있는 곳도 있긴 하다). 소도 개도 같이 걸어 다니고, 같이 길을 건너고 해야 하니 신호등이 무슨 소용이 있을까 싶긴 하다. 차와 오토바이, 삼륜 차템프가 뒤섞여 쉼 없이 경적을 울려대고 매연을 뿜어대는 그곳은 그야말로 아비규환의 한가운데였다.

배낭여행자들이 모여드는 타멜 스트리트의 게스트 하우스에 짐을 풀고 트레킹에 필요한 식료품을 사기 위해 순다리 바자르로 향했다. 수많은 인파 속에서 이리 밀리고 저리 밀리면서도 마늘과 레몬, 파, 토마토 등을 구입하고 나자 비로소 풍경이 눈에 들어오기 시작했다. 낡은 도시에서 유독 두드러져 보이는 푸른색 문, 그 앞에 좌판을 펼치고 앉아 있는, 갖가지로 치장한 여인들, 그녀들이 파는 색색의 과일과 야채, 신선한 양고기를 판다는 것을 선전하기 위해 양 머리를 문간에 올려놓은 푸줏간, 그리고 죽은 지 사흘은 더 돼 보이는 기력 없는 민물고기들을 향해 나는 쉴 새 없이 카메라 셔터를 눌렀다.

네팔 여자들은 거의 전부가 한 손으로 아이를 골반에 비스듬히 걸쳐 안는데(업어 키우지 않아 이곳 사람들은 다리가 곧다고 한다), 아이가 엄마에게 대롱대롱 매달려 있는 형상이었다. 또 한 가지 시선을 끈 것은 짐을 넣은 역삼각형의 바구니를 끈에 매어 이마에 걸고 운반하는 모습이었다. 어린아이부터 깊은 산속의 포터에 이르기까지 모두 그런 방식으로 짐을 날랐다.

10월 3~5일 – 남체로 가는 길

새벽같이 공항에 도착했다. 고르카 에어라인의 출발 시각은 8시로 되어 있지만, 언제 비행기가 뜰지는 알 수 없는 일이다. 혹은 이륙했다가도 기상 상태가 나빠지면 돌아오기 일쑤라니 마음을 졸이며 기다렸다. 역시나 제시간에 뜨지는 않았고 10시 30분경에야 탑승할 수 있었는데, 프로펠러가 다섯 개 달린 러시아제 군용비행기였다. 중앙에는 화물이 잔뜩 실려 있고 좌석은 창가에 일렬로 붙어 있어 게걸음으로 걸어서야 좌석에 앉을 수 있었다. 승무원이 귀마개용 솜뭉치를 나누어주었다. 비행 한 시간 만에 해발 2850미터에 위치한 루클라에 도착한 우리는 그곳에서 셰르파 앙드로지와 포터들을 만나 팍딩으로 내려갔다.

고소高所에서는 생각도, 걸음도 천천히 하라는 사전 교육을 충분히 받은 탓에 아주 느린 걸음으로 걸어 숙소에 도착한 시간이 오후 4시 40분. 전기가 전혀 들어오지 않는 곳이라 부랴부랴 저녁을 지어 먹어야 했다. 서울에서 공수해 간 각종 반찬과 북엇국으로 성찬을 하고 침낭 속에 들어가 잠을 청했다. 너무 많이 먹고 마신 탓에 밤에 두 번이나 요의를 느끼고 잠을 깼는데, 일행의 조언에 따라 준비했던 요강 대용 플라스틱 물병의 존재에 어찌나 감사했는지. 무슨 일이든 여행은 경험이다.

다음 날 간단한 아침 식사를 하고 산행을 시작했다. 흐린 날씨 탓에 아침 산을 볼 수 없었지만 빙하가 녹아 흐르는 우윳빛 강물을 바라보고 있노라니 가늠하기 힘든 산의 크기를 느낄 수 있었다. 토요일마다 장이 서는 남체 바자르로 향하는 네팔인들의 행렬로 꽤나 붐볐다. 대개의 트레커들은 점심만 먹고 떠나지만 우리는 몬조에서 하룻밤을 묵고 가기로 했다. 포터 덕분에 짐도 지지 않았고 오래 걷지도 않았는데, 경사가 급하고 돌이 많아 피곤이 느껴졌다.

밤새 내린 비 때문에 한기가 들어 어깻죽지가 욱신거렸다. 고도

3000미터를 넘어서자 조금만 걸어도 숨이 차고 식도가 타는 듯했다. 오후 2시쯤 되어 드디어 남체에 도착했다. 남체 바자르를 돌아다니다가 신기한 물건을 발견했다. 좁쿄고지대에 사는 야크와 저지대에 사는 암소를 교배시킨 잡종의 방울이었다. 공명이 많은 방울 소리에 반해 주저하지 않고 구입했다.

저녁에는 앙드로지의 어머니가 우리를 초대했다. 셰르파족의 전통적인 방식으로 접대를 받았는데 대단한 영광이 아닐 수 없다. 버터를 녹여 소금으로 간을 한 셰르파 차에 소주와 비슷한 창, 밥에 국과 커리를 끼얹은 달밧, 만두와 비슷한 모모, 망고 장아찌를 커다란 쟁반에 내왔다. 배가 터지게 먹고 나오는데 앙드로지의 어머니가 손수 뜬 귀달이 모자와 스카프를 둘러주었다. 제대로 된 귀빈 대접이었다.

10월 6~7일 – 에베레스트와 나눈 인사

새벽 6시에 눈을 떠 창문을 보니 콩테 봉우리에 황금빛 햇살이 걸려 있다. 드디어 날이 갰다. 창틀에 턱을 괸 채 해가 비껴갈 때까지 그 광경을 바라보았다. 정상까지는 말을 빌려 타고 올랐다. 바늘처럼 꽂히는 태양 광선을 온몸으로 받으며 한동안 올라가자 눈앞에 지상에서 가장 높은 봉우리들이 펼쳐졌다. 저 도도하고 당당한 에베레스트를 보기 위해 우린 그렇게 먼 길을 걸어와야 했구나.

구름도 내 발아래, 온갖 세속도 발아래에 있었다. 그러나 그 장관도 잠시뿐, 산은 훌쩍 구름의 호위를 받으며 자취를 감춰버렸다. 찰나였지만 에베레스트와 인사를 나눈 나는 온 세상을 다 가졌다는 충만함과 형언할 수 없는 감흥에 어쩔 줄을 몰랐다.

이어서 설인의 머리가 있다는 쿰중 사원으로 갔다. 설인이 아니라 원숭이 머리 껍질인 것으로 밝혀졌다고 하는데 이곳 사람들은 여전히 설인의 머리라고 믿는다. 사원을 둘러보고 해발 3880미터에 있는 에베레스트 뷰 호텔을 둘러봤다. 아콩가구아 산에 새로운 호텔이 생겨 명성을 잃었지만, 최근까지만 해도 세계에서 가장 높은 곳에 자리한 호텔이었다고 한다.

남체로 돌아오니 파상 카미 셰르파가 우리를 초대했다. 설거지하는 주방 잡역부로 시작해 포터에서 가이드로 변신, 현존하는 셰르파족의 정신적, 실질적 지도자 격인 인물이다. 지미 카터와 로버트 레드포드 같은 유명인의 산악 원정대를 안내하기도 한 그가 운영하는 쿰부 로지는 남체의 명물이다.

새벽부터 일어나 샹보레 비행장까지 등반을 했다. 남체에서 고작 400미터 정도 올라가는 데 십 년은 걸린 것 같다. 고소 체질이라며 의기양양하던 나에게도 고소 증세가 나타난 것이다. 산꼭대기 비행장에서 헬기를 기다리며 기절바위(우리가 붙인 이름이다)에 구조를 바라는 사람처럼 널브러지고 말았다. 정들었던 셰르파들과 여러 번 작별 인사를 나누고는 아쉬워하며 비행기에 올랐다. 새벽잠을 뒤척이게 했던 닭 울음소리, 야크 똥 가득한 산길, 랩소디가 울려 퍼질 것 같던 에베레스트. 이 모든 기억들이 시끄러운 프로펠러 소음 사이로 멀어져갔다.

10월 8~10일 – 히피들의 천국 포카라에서의 사흘

에베레스트가 남성적이라면 포카라는 다분히 여성적이다. 예전에는 인도와의 교역지로 번창하다가 죽은 도시가 된 것을 1960년대 말에서 1970년대 초에 히피들이 발견했고, 이곳이 바로 천국이라며 눌러앉아 하나둘 식당 같은 것들을 열면서 되살아난 곳이다.

포카라는 포카리, 즉 연못이라는 말에서 따온 이름으로 네팔 고유의 정서와 이국적인 요소가 잘 어우러진 휴양지이다. 우리가 머문 피시 테일 로지는 포카라에서도 꽤 고급 호텔 축에 든다. 줄뗏목을 타고 강을 건너야 호텔이 나오는데 정원의 섬세함은 가히 환상적이다. 구름이 끼지 않은 새벽녘에는 성스러운 산 마차푸차레에 걸리는 일출을 볼 수 있다. 일출 시간이 되면 직원들이 처음 아침을 맞는 숙박객을 찾아와 깨워준다. 졸린 눈을 부비며 담요를 뒤집어쓴 채 나왔다가 낯선 여행자들과 아침 인사를 나누다 보면 어느새 황금빛으로 물든 산을 마주하게 된다.

호수를 둘러싸고 있는 포카라의 식당들은 하나같이 잘 가꾸어놓은 정원을 갖추고 있다. 라씨 한 잔과 미네랄 워터 한 병을 시켜 놓고 인도식 등나무 흔들의자에 앉아 햇빛과 바람이 서로 스쳐 지나는 것을 오래도록 바라보아도 재촉하는 이 하나 없었다.

10월 11~13일 – 보드나트, 파슈파티나트, 박타푸르

포카라에서 카트만두로 돌아왔다. 며칠 만에 맞닥뜨린 도시의 소음과 공해가 힘들어 다시 산으로 돌아가고 싶은 마음이 굴뚝같았다. 숙소에 짐을 풀자마자 세계에서 가장 큰 사리탑이 있는 보드나트에 갔다. 네팔의 상징 가운데 하나인 보드나트 사리탑은 상공에서 보면 만다라의 형상을 하고서 사방에 달린 부처의 눈으로 사바세계를 내려다본다. 그 주변에는 타르쵸천에 쓴 불경을 줄에 매달아 바람을 타고 법문이 세계에 퍼지도록 한 것가 겹겹이 매달려 있는데, 그 주위를 천천히 돌면서 기도하는 사람도 있고, 오체투지를 하는 사람도 있다. 우리도 그 대열에 합류해 각자의 기도를 올렸다.

다음 목적지는 파슈파티나트. 이곳을 뭐라고 표현해야 할까? 힌두교의 성지, 삶의 종착역. 단지 화장터라고 말하기엔 삶의 냄새가 너무 짙다. 삶과 죽음이 기화하는 성지라고나 할까. 사원 입구를 지나면 장작을 밀어 넣는 사람들 사이로 화장되고 있는 시체가 보인다. 강가에는 강물을 마시는 사람, 빨래하는 사람, 씻는 사람이 뒤섞여 있다. 성스러운 강 바그마티바슈누마티다. 염료 냄새, 향 냄

새, 살 타는 냄새를 맡고 있자니 흙탕물 속에 빼곡하게 들어찬 사람들의 모습이 삶과 죽음의 경계선에서나 볼 수 있는 환각처럼 느껴졌다. 나는 어째서인지 단 한 장의 사진도 찍을 수가 없었다.

박타푸르는 사원을 중심으로 형성된 오래된 도시다. 귀의자의 수도라고도 일컬어지는데, 이제는 그 보존을 위해 입장료를 받고 있다. 네팔의 다른 사원들과 비슷한 모양의 조각들과 불탑들인데도 어쩐지 세월의 무게에 압도되는 느낌을 받았다. 거기에 살고 있는 사람들조차 신이 된 것 같았다. 박타푸르 바자르에서 무엇인가에 홀린 듯 구경을 하다 꽤 깊숙이 들어와버렸다. 일행들과 만나기로 한 시간이 임박한 것을 깨닫고 알루미늄 찻주전자를 쩔렁거리며 미로 같은 골목을 전력으로 내달렸다. 금속 주전자가 어딘가에 부딪히던 소리가 아직도 귓전에 쨍하다.

숨이 차다. 원고지 곳곳에 침 튄 흔적도 보이는 듯하다. 내가 보고 겪은 이 많은 것들을 감탄사와 함께 열심히 설명한다 한들 그곳을 보고 온 사람이 아니라면 얼마나 지루할까 싶기도 하다. 그래서 우리는 떠날 수 있는 사람들을 사랑하는 게 아닐까? 한국에 돌아온 지 사흘째, 벌써부터 히말라야가 그립다. 어디 나랑 같이 네팔 갈 사람 없수?

– 1996년 네팔에서

나는 그 이듬해에 인도를 여행했다. 그리고 왜 여행자들이 네팔을 먼저 봐야 한다고 했는지를 잘 알 수 있었다. 중간중간 야간열차로 이동하며 나는 꿈꾸던 타지마할에서 동이 트는 것을 보았고 아잔타의 벽화들을 가까이서 느끼기도 했지만, 뒷돈을 받은 인도인들이 플래시를 터뜨려가며 벽화를 보여주는 광경도 보았다. 나는 고대의 찬란한 유산들이 몇몇 몰지각한 사람들의 손에 망가져 가는 모습에 안타까움을 감출 수가 없었다. 짧은 글로 표현하기에는 못다 한 이야기가 너무 많은 인도, 그러나 인도가 나에게 새로운 삶의 지평을 만나게 해준 곳임은 틀림없다.

지인의 말처럼 나는 여전히 떠남이 어울리는 여자일지도 모르겠다. 지금껏 꽤 많은 곳을 다녔고 그럼에도 아직 미지의 땅이 많다. 하지만 이제 나에게는 돌아갈 곳이 있고, 나를 기다리는 라마와 마루가 있다. 돌아갈 곳이 생기니 희한하게도 더 자유롭게 떠날 수 있게 되었다. 요즘 나는 몽골의 마른 대지를 꿈꾸고 있다. 직접 보기 전에는 그 너비를 가늠할 수 없는 척박한 벌판과 사막을 만나고자 함이다. 그곳에서 어쩌면 몇 겹을 돌아 나로 서 있는 누군가를 만날지도 모른다는 기대와 함께.

그런 작품을,
나는 꿈꾸지 않았던가

안개가 있는 한 폭의 수채화

대체로 나는 물건을 오래 사용하는 편이다. 내가 유독 애착을 갖고 있는 물건들에는 나와 함께 한 세월만큼의 추억이 오롯이 깃들어 있다. 몇 점의 오래된 그림들, 진공관 앰프, 대리석 테이블과 나주반, 이탈리아 전통 방식의 오래된 에스프레소 주전자. 이 가운데 내 손에 들어왔을 때부터 지금까지 최신식이거나 첨단이었던 것은 하나도 없다. 십 년 이상 길들였던 오로라 만년필이 고장 났을 때는 이탈리아 본사로 보내 몇 달을 기다린 끝에 돌려받아 다시 쓰기도 했다. 끝내는 강의실 바닥으로 낙하하는 최후를 맞고야 만 그 만년필을 아직도 보관하고 있으니, 물건에 쌓인 정이란 게 사람 못지않다.

요즘은 최첨단을 달리는 물건들을 장만해도 금세 업그레이드 버전이 출시되면서 구형 모델이 되고, 급기야는 부품을 못 구해 고치지 못하고 버려야 하는 경우도 많다. 나같이 오랜 시간 같은 물건을 고쳐가며 계속 쓰는 사람들도 함께 구식이 되어버린 시대이다.

우리 집 냉장고 옆에는 낡은 구형 라디오가 있다. 때때로 채널이 잡히지 않아 지직거리기도 하고 볼륨 조절도 잘 안 된다. 그 라디오는 늘 FM 93.1 채널에 고정되어 있다. 언젠가 반려견을 위한 치료 음악을 선물 받았는데, 수록된 곡들이 대부분 뉴에이지 풍의 클래식이었다. 물론 동물에게 편안함을 주는 가청 주파수대가 인간의 경우와 다르긴 하겠지만, 나는 라마와 마루에게 클래식이 안정감을 가져다줄 거라 믿기에 하루 종일 FM 93.1을 켜놓는다.

나 역시 그 라디오에서 들려오는 클래식 음악을 좋아한다. 진공관으로 듣는 파블로 카잘스의 바흐 무반주 첼로 모음곡과 비교는 안 되겠지만, 완벽하지 않아도 가장 익숙하고 친근한 소리, 오래된 만년필이 주는 편안함과 같은 그 느낌이 좋기 때문이다. 구식 라디오에서 흘러나온다고 해서 클래식도 구식이 되는 건 아니니까 말이다.

게다가 이 라디오는 라마가 강아지였을 적부터 라마의 곁을 지켜주었다. 아파서 종일 움직이지 못했을 때도, 신나게 눈밭을 뒹굴며 놀다 들어와 지쳐 잠이 들 때도, 무엇보다 나를 기다리던 많은 시간을 라마와 함께했다.

돌이켜 보면 1990년대에는 지금보다 예술영화를 볼 수 있는 기회가 더 많았던 듯도 싶다. 약간의 발품을 파는 것만으로 볼 수 있었던 작은 영화들 중에는 우리 인생에 어떤 계기가 되어주는 작품들이 있었다. 1996년 동숭 시네마테크에서 본 〈안개 속의 풍경〉이 내겐 그런 작품이었다.

인터넷으로 〈안개 속의 풍경〉을 검색해보면 이런 댓글들이 눈에 띈다.

'무덤까지 가져가야 할 앙겔로풀로스의 수작.'

'침묵의 서정시, 영원한 안식 같은 위로를 받게 된다.'

'어렵다.'

'포스터에 반해서 영화를 봤다.'

나도 그랬다. 안개비 자욱한 도로 한가운데 쪼그려 앉아 있는 아이와 그를 내려다보는 소녀. 한 폭의 수채화 같기도 하고 한 편의 작품 사진 같기도 한 포스터를 보고 나는 극장으로 향했다. 독특한 롱테이크 기법컷을 나누지 않고 몇 분 이상 연속해서 촬영하는 기법과 흐르듯 천천히 움직이는 영상들(어떤 관객에게는 다소 지루하게 느껴질 수도 있을 법한)을 따라 앙겔로풀로스가 만들어낸 시간 속으로 고스란히 빠져들었다. 지금 다시 보아도 불라와 알렉산더의 여정이 그때와 마찬가지 느낌으로 다가올까? 모처럼만에 〈안개 속의 풍경〉을 다시 보았다.

깊은 어둠이 깔린 거리, 아련한 불빛을 등지고 멀리서 불라와 알렉산더가 달려온다. 점점 화면 가까이 다가온 그들이 멈춰 바라보고 있는 곳은 기차역이다.

"무섭지 않니?"

"아니."

카메라는 아이들이 있던 자리에 멈춰 서서는 두 아이가 길을 건너 기차역으로 들어가는 모습을 오랫동안 지켜본다. 이 일 분짜리 샷은 앞으로 나올 영화의 기저를 명확히 보여준다. 컷이 바뀌면 역사로 들어서는 남매가 머뭇거리며 기차를 향해 다가서지만 이미 출입문을 닫은 기차는 남매들을 남겨둔 채 떠나간다. 그저 풍경처럼 그 자리에 서 있는 불라와 알렉산더. 그들 앞에는 깊은 어둠만이 깔려 있다. 마치 정지 상태와도 같은 화면 위로 타이틀이 나타나며 테마 음악이 흐른다.

처음 이 영화를 보았을 때, 한참을 서 있던 아이들처럼 나 역시 떠나지 못하고 멈춰 절망하고 있는 것은 아닌지 스스로에게 물었다. 아이들처럼 어딘가에 반드시 있을 거라 믿는 아빠(실제로는 존재하지 않는)를 찾아서도 좋고, 앞에 놓인 것이 그저 거친 길일 뿐이라 해도 괜찮으니, 무작정 그들을 따라 기차에 오르고 싶었다.

"태초에 어둠이 있었어. 그 후에 빛이 만들어졌어. 빛이 어둠에서 갈라져 나왔고, 바다에서 땅이 생기고 강과 호수 그리고 산이 만들어졌어. 그런 다음 꽃과 나무, 동물과 새도 태어났어."

불라가 침대 머리맡에서 동생에게 들려주는 이야기는 창조의 순간이다. 태초부터 있던 어둠. 어둠이 있기에 보이는 빛. 모든 것은 어둠에서 갈라져 나왔고 우리의 태생도 삶도 그러하다.

드디어 기차에 무임승차하면서 시작되는 어린 남매의 여정은 화려한 관광지 엽서 사진으로만 보아온 그리스의 풍경을 더없이 황량하게 비추며 순수한 두 남매와 관객들을 황폐하고 잔혹한 현실로 내던진다.

"아빠, 답장을 보내려면 기차 소리도 함께 담아 보내주세요. 따당따당따당."

불라와 알렉산더는 여정 내내 그리운 아빠에게 마음의 편지를 띄운다. 물론 수신자도 답장을 받을 곳도 없지만 말이다.

역무원에게 무임승차가 발각된 남매는 낯선 도시에 떨구어지고 삼촌에게도 버림받는다. 그 순간 창밖에 눈이 날리자 어른들은 일제히 바깥으로 뛰쳐나간다. 불라와 알렉산더가 나와 보니 거리에 있는 어른들은 모두 정물이 되어 멈춰 있다. 남매는 그들 사이로 신나게 달려간다. 그때까지도 이 영화에는 클로즈업이 없다.

아이들의 무임승차는 계속되고 검표원이 다가오면 새로운 마을에 내릴 따름이다. 조금씩 마음속 두려움이 커져가지만 그래도 계속 나아가고 있으니 행복하다는 아이들의 편지. 불라와 알렉산더는 눈 덮인 도시의 밤거리를 걷다가 죽어가는 말을 발견한다. 알렉산더는 처음 맞닥뜨린 말의 주검 앞에서 오랫동안 흐느낀다. 여기서 처음으로 서럽게 울고 있는 알렉산더의 얼굴이 클로즈업된다. 남매의 뒤로 결혼식을 마친 신랑 신부와 하객들이 춤을 추며 멀어져간다. 아, 그저 바라만 보고 있기에는 너무 벅찬 아이러니. 슬픔은 누가 가르쳐주는 게 아니라 경험을 통해 터득하게 되는 것이 아니던가. 절묘하게 영상과 맞아떨어지는 엘레니 카라인드루의 테마 음악은 대사 없이도 극적인 감정을 선행하거나 때때로 대변하며 완벽하게 영상과 호흡한다.

아이들은 떠돌이 극단의 배우들과 만나고, 그들 중 하나인 청년 오레스테스와 동행하게 된다. 하지만 불라와 알렉산더는 공연할 무대를 찾지 못한 채 바닷가에서 연습만 하는 극단원들에게서 절망을 목격하고 다시 그들만의 여행을 떠난다. 그러던 중 히치하이크로 올라탄 트럭의 운전사에게 불라는 강간을 당한다. 카메라는 트럭 운전사가 강제로 불라를 끌고 들어간 화물칸의 외부를 무심하게 보여줄 뿐이지만, 화물칸에서 어떤 일이 벌어지고 있는지 이미 알고 있는 관객들은 잔혹하면서도 시적인 영화의 표현력에 긴장과 슬픔, 안타까움으로 숨이 막힌다.

그리고 이어진 오레스테스와의 재회, 상처받은 불라는 따뜻하고 친절한 그의 모습에 사랑을 느끼지만 그가 동성연애자임을 알고 또다시 마음에 상처를 입게 된다. 그와 가슴 아프게 헤어진 후 남매는 드디어 국경 근처에 도착하지만 여권이 없어 국경을 건널 수 없다. 남매는 밤이 되길 기다렸다가 조각배에 몸을 싣고 어둠 속으로 떠내려간다. 이내 그들을 발견한 경비대의 고함 소리와 함께 총성이 울린다. 이윽고 밤이 지나가자 짙은 안개 속에서 알렉산더가 일어선다. 안개로 가득 차 한 치 앞도 보이지 않는 곳에서 알렉산더는 이렇게 말한다.

"태초에 어둠이 있었어. 그리고 빛이 만들어졌어."

서서히 안개가 가시면서 남매 앞에는 들판에 홀로 우뚝 서 있는 커다란 나무가 나타난다. 언젠가 아무것도 보이지 않는 필름을 보여주며 잘 보면 멀리 나무가 있다고 했던 오레스테스의 말처럼 이들 앞에 나무가 나타난 것이다. 그렇게 나무를 향해 달려가는 남매의 뒷모습으로 영화는 끝난다.

이 영화의 표현 기법은 상당히 역설적이다. 감정이 극적으로 치닫는 순간들은 아주 정적으로 담아냈고, 느리게 펼쳐지는 화면 속에 예리하고 정확한 감정들이 날 선 채로 드러나 있다. 배우 한 사람 한 사람의 감정이 극단적인 원거리에서도 확실하게 전해지는 것은 바로 앙겔로풀로스만의 여백과 기나긴 숨 고르기가 있기 때문이다. 삶과 죽음이 공존하고 행복과 슬픔이 어우러진 이 영상시에서 감독은, 냉혹한 현실 속을 헤쳐나가는 남매의 황량한 여정에 빗대어 혼돈에 빠져 있는 그리스 당대를 살아가는 사람들의 아픔을 보여주고 있다. 손가락이 잘린 거대한 석조물이 바다 위로 떠올랐다가 인양되어 도시 위로 날아가는 장면은 그런 감독의 역설을 상징적으로 보여주는 장면이다.

근 이십 년 만에 다시 이 영화를 보고 나니 문득 〈오로라 공주〉에서 택시비가 없어 길거리에 버려진 어린 민아가 어두운 터널 쪽으로 위태롭게 걸어 들어가는 장면이 떠오른다. 물론 이 작품을 떠올리며 찍은 것은 아니었지만, 어른들의 보호로부터 멀어지는 아이의 모습은 어두운 도로를 걸어가는 불라와 알렉산더의 뒷모습과 많이 닮아 있다는 것을 깨달았다. 불안이 영혼을 잠식한다고 했던가. 나도 모르는 사이에 이 영화에서 받은 인상이 내 영혼에 잠식해 있었는지도 모르겠다.

예전에 나는 이 영화를 보면서 강간으로 몸을 다치고 첫사랑에 좌절하여 마음을 다친 불라의 혹독한 성장통에 마음이 아팠는데,

이제는 더 이상 이런 영화가 나오지 않는 것 때문에 마음이 아프다. 1996년에서 2014년 사이, 나는 그 시간만큼 노회했고 영화를 사랑하는 순수한 관객에서 영화를 만드는 감독으로 변했다. 영화감독의 한 사람으로서 은유와 환유로 가득한 이토록 아름다운 영화를 시도할 수 있는 용기가 과연 나에게 있을까. 쉽게 대답하지 못하는 나 자신에 대한 절망감에 애도와도 같은 한숨을 내쉰다. 이십 년 전에 본 영화를 다시 보는 관객이 지나온 세월을 뛰어넘어 또 다른 감동을 마음에 새길 수 있는, 그런 작품을 나는 꿈꾸지 않았던가.

누구에게나 차별 없이 아픔과 슬픔이 찾아오는 거야
너만 그런 거 아니야

목련이 피기 위하여

겨울에서 봄으로 넘어가는 즈음이면 꽃이 먼저 찾아와 온도를 바꾼다. 바람이 몹시도 부는 아침이었다. 라마와 마루 두 녀석에게 밥을 먹이고, 라마에게는 염증 세포 증식을 막는 약 세 가지와 소염진통제를 먹이고 인공누액으로 눈 세척(더 이상 백내장 치료가 불가능하기에 안약을 따로 쓰지 않는다)을 해준 후 마당으로 나가 대문을 열어주었다. 마루가 먼저 쏜살같이 뛰어 나가 앞집, 윗집, 아랫집 개들을 다 짖게 만들고서야 마당으로 들어왔다. 이제는 멀리까지 달아나는 일이 거의 없기에 마루의 뒤꽁무니를 졸졸 따라다니지 않아도 괜찮다. 본능적으로 영역을 넓혀보려던 녀석을 몇 번 야단친 후로는 불시에 골목으로 들어서는 차만 조심시키면 되었다. 라마의 기운이 스러져가는 만큼이나 마루는 의젓하게 자라나고 있었다.

지난 겨울은 나에게 참 혹독했다. 삼 년 만에 모처럼 눈도 많이 안 오고 별반 춥지도 않았건만, 나는 심장이 얼어붙어 심박을 느끼지 못하는 채로 한기 속에서 지냈다. 몸도 마음도 꽝꽝 얼어버렸는데 도무지 해동할 방법이 요원했다. 그러나 어느새 춘분이 지나면서 스스로 많은 것을 돌아보고 받아들이고 내려놓고 다스리며 해어진 가슴팍을 여미니, 문득 내 곁에서 묵묵히 겨울을 보낸 목련 나무가 속닥이며 인사를 건네는 소리가 들려온다. 톡. 톡.

목련 꽃봉오리의 마디마디가 외피를 하나둘 벗으며 마당에 잔해를 던지고 있었다. 소란스럽지 않은 낙하. 꽃을 피우기 위해 벗어야 하는 겉껍질이다. 꺼풀을 벗고 난 목련은 비로소 바람과 호흡하며 소담하게 그 자태를 부풀린다. 잎보다 먼저 꽃이 드러나는 목련, 꽃 모양이 연을 닮았다 해서 목련木蓮. 봄을 맞는 영춘화迎春化. 발치에 떨어진 잔해를 바라보다 나무를 올려다보았다. 목련은 온몸으로 바람을 맞으며 예년보다 조금 서둘러 개화하려는 모양이었다. 봄이 그렇게 목련을 앞세우고 불현듯 나타났다. 바람 안에 서서 나무를 올려다보고 있으니, 이제 그만 웅크리고 일어나라 이르는 듯하다.

한동안 목련을 바라보다 차 앞 유리에 떨어진 목련의 잔해들을 손으로 치우기 시작했다. 넓지 않은 마당 곳곳이 목련 겉껍질로 뒤덮여 있었다. 비를 들고 쓸기 시작했다. 마당을 치우고, 대문 입구와 담벼락 아래, 화단까지 싹싹 비질을 했다. 그날부터 목련 나무는 며칠 내내 겉껍질을 벗어 던지기에 여념이 없었고, 나는 매일 마당 청소를 했다. 그러던 어느 순간 목련꽃이 세상을 향해 활짝 얼굴을 드러내더니 은은하게 뿜어내는 난초와 같은 향기가 마당을 가득 채웠다. 마치 누이 같고 어머니 같은 따뜻한 향기. 그래서 목련은 고귀함과 숭고함이라는 꽃말을 갖게 되었나 보다.

"보살님. 마음이 복잡해지면 내 몸과 마음을 끌고 다니는 게 뭔가 가만히 들여다보세요."

이십여 년 전 돈오 스님이 내게 던진 화두였다. 육신에 영혼이 깃들어 있는 산 자에게 하신 말씀이라 그런지, 비단 마음만 지칭하지 않으셨다. 스님은 나에게 마음이 화火로 가득해질 때면 물을 보라 하셨다. 파도가 치는 바다 말고 잔잔히 흘러가는 강물이나 호수를 보고, 정 여의치 않으면 고요한 물을 마음에 그려보라 하셨다.

"보살님은 마음으로 물을 보실 수 있습니다."

나는 스님의 길지 않은 몇 마디에 깊은 감화를 받았다. 보살. 불계에서 남을 위해 헌신하고 열심히 살며 승속을 초월한 이들을 부르는 가장 귀한 이름이다. 어느 날 갑자기 보살님이라는 호칭을 듣게 된 순간부터, 나에게는 보살이 되고 싶다는 염원이 싹트기 시작했다.

돈오 스님은 몇 년 뒤 훌쩍 이 땅을 떠나 독일에서 공부를 시작하셨고, 런던 킹스칼리지에서 박사과정을 수학하던 중 홀연 다 버리고 한국에 돌아오셨다는 풍문만 들었다. 조촐하고 소박한 수행자의 모습으로 국수를 즐겨 드시던 분, 지금 그분이 어디에 계신지는 모르나, 나에게 최초로 화두를 던져주셨던 돈오 스님이 나의 시절인연모든 인연에는 때가 있다는 뜻이다이 아닌가 싶다.

서른 해를 바라보던 즈음이었나. 어차피 빈 몸으로 태어나 빈 몸으로 떠나갈 것을, 이 몸 하나를 건사하는 데 너무 많은 물건과 관계를 맺고 산다는 것이 부끄럽게 느껴졌다. 무엇을 버리고 무엇을 향해 가야 할까를 고심하던 무렵이었다. 맑은 영혼을 갈구한다는 것이, 세속의 한가운데에서 빛을 내야 하는 배우로 살면서 영영 풀지 못할 숙제일지도 모른다는 두려움도 들었다. 그럴 때마다 나는 물을 보려고 노력했고, 물을 그리기 위해 노력했다. 잠 못 이루는 밤에는 천장 가득 내가 그려놓은 물을 바라보며 내 몸과 마음을 끌고 다니는 것이 무엇인지 들여다보려고 애썼다.

내. 몸. 과. 마. 음. 을. 끌. 고. 다. 니. 는. 것. 은. 무. 엇. 인. 가?

그것은 바로 나였다. 나의 욕망과 헛된 꿈. 그것을 부여잡으려는 나.

나는 그 화두를 항상 마음에 품은 채 탐구라도 하듯 많은 곳을 떠돌아다녔다. 어느 날은 인도네시아의 불교 사원인 보로부두르 꼭대기에 올랐고, 어느 해는 인도 엘로라의 열여섯 번째 카일라사타나 사원에서 걸음을 옮기고 있었다. 시바 신을 모신 카일라사타나 사원 벽면을 가득 메운 부조를 보던 중 라마야나를 만나기도 했다. 앙코르와트에서는 오랫동안 나를 옭아맸던 집착과 애욕을 내려놓았다. 오로지 마음이 이끌려 찾은 장소들이었지만, 한편으로는 그 거대하고 오래된 사원들에서 '나란 사람은 본디 무엇인가'에 대한 답을 찾고 싶었다. 그곳은 수많은 사람들의 숙원이 모여 만들어진 것이었으니까. 나는 인간의 욕망으로 만들어진 유물과 웅장한 대자연 앞에서 나의 시계視界가 가장 미세한 수준에서부터 전지적인 시점에까지 확장되는 경험을 하기도 했지만, 여전히 질문의 답을 찾지 못한 채 조용한 사원에 울려 퍼지는 나의 발자국 소리와 긴 숨소리만 듣곤 했다.

그러던 내가 불교와 인연을 맺게 된 것은 〈영화로 떠나는 불교 여행〉이라는 불교 TV 방송 덕분이었다. 나는 이 프로그램에 MC로 출연하면서 월호 스님을 만나게 되었다. 월호 스님은 지리산 천년고찰 국사암에서 주지로 계셨고, 방송과 라디오, 집필 활동을 활발하게 하시며 포교와 후학 양성에 힘쓰셨다. 스님은 참 웃음이 많은 분이셨다. 일 년 가까이 함께 방송을 하면서 나는 스님을 통해 불교의 가르침에 대해 많은 것을 배웠다. 그 전까지는 삶과 죽음의 원천을 찾아보려는 문화적 호기심으로 동양의 여러 종교들을 두루 들여다보는 정도에 불과했다. 부모님이 각각 기독교와 천주교 신자였음에도 불구하고 성인이 되면서 나는 마음이 혼미할 때면 절 계단에 걸터앉아 목어 소리나 범종 소리를 듣다 오곤 했다. 그저 마음공부나 마음을 정화하기 위한 행보였다.

속에서 쌓은 집착으로 마음의 상처를 크게 입었을 때 나는 국사암에 찾아갔다. 공양주보살님과 종무 스님 한 분, 그리고 월호 스님이 계신 작은 암자였는데, 스님은 기꺼이 본당 옆방을 내주시며 말없이 나를 받아주셨다. 삼일 기도에 들어간 나는 스님들을 따라 새벽 예불, 사시 예불, 저녁 예불을 드리고, 공양주보살님의 허드렛일을 도와드리며 하루 세 차례 백팔배를 올렸다. 새벽 예불 명상 때는 다리가 저리고 졸음이 쏟아지는데도 잡념이 끊이지 않았다. 아무것도 떨구지 못한 채 하루 세 번 백팔배를 올리며 제대로 앉지도 걷지도 못하게 될 즈음에 이르자 서서히 '무無'가 보이기 시작했다. 부처님께 드리는 기도는 "내가 이렇게 베풀겠습니다. 내가 이렇게 살겠습니다"라는 발원을 하는 것이지 "무엇을 하게 해주세요. 무엇을 얻게 해주세요"라고 부탁하는 게 아니라고 스님은 말씀하셨다. 나는 부처님의 얼굴을 보고 계율을 새기며 나의 몸과 마음을 끌고 다니는 것에 대해 생각하고 또 생각했다. 나는 탐진치의 삼독이 나를 끌고 다녔음을 깨우치게 되었다.

이후로도 나는 번민에 싸일 때마다 국사암을 찾아가 그동안 내가 밟은 어느 곳보다 안정감을 느끼며 마음을 가라앉히고 쉴 수 있었다. 이듬해 초파일에는 연등을 손수 만들 기회도 얻었다. 국사암으로 올라가는 길에 있던 연못에 연꽃이 만발하던 여름, 나에게 수계를 주시던 월호 스님은 내 법명을 지어주셨다. 보련화寶蓮華. 원래는 불가에서 연꽃을 아름답게 일컫는 말이지만, 스님은 내게 세상에 보배롭고 빛나는 사람이 되어 지혜와 자비로움을 퍼뜨리라는 법계를 전해주셨다. 그리하여 나는 지리산 자락에 있는 국사암을 뒤늦게 찾은 고향이라 여겼다. 내게도 돌아갈 곳이 생긴 것이다.

솔직히 말하면 나는 성실한 불자가 아니다. 법문 공부도 꾸준히 못하고, 천수경도 못 외우고, 그저 일상에서 관세음보살을 염하는 것이 전부다. 하지만 나는 나의 법명 보련화의 의미를 늘 되새기고 있다. 어쩌면 돈오 스님이 주신 화두인 '내 몸과 마음을 끌고 다니는 것은 무엇인가?'에 대한 답이라 생각하는지도 모르겠다. 그래서 나는 세상에 보배롭고 빛나는 사람이 되어 지혜와 자비로움을 퍼뜨리며 살겠다고 부처님께 발원한다.

여름이 가까워오면서 목련 나무는 무성한 잎들로 꽉 채워져 바람에 소리를 입히고 방향을 알려주기도 한다. 마당에서 놀던 라마와 마루가 나무 밑 시원한 그늘에서 늘어지게 낮잠을 즐길 때면 나도 그 곁에 서서 목련이 들려주는 이야기에 귀 기울인다.

"인생이란 다 그런 거야. 누구에게나 차별 없이 아픔과 슬픔이 찾아오는 거야. 너만 그런 거 아니야."

아직 나는 고작해야 갓 겉껍질을 떨어뜨리기 시작한 정도이리라. 흩어진 겉껍질 잔해들을 치우다 보면 불현듯 목련이 피어나듯이, 언제고 나의 꽃도 피어나겠지. 그 아픔과 슬픔도 다 보배롭고 귀하게. 하여 나의 어리석음 때문에 그날이 지체되지 않도록 늘 깨어 있기를 발원하나이다.

고도를 기다린다

무대에 빛이 들자 앙상한 나무 한 그루가 보인다. 그리고 구석에 한 남자가 쪼그리고 앉아 장화를 벗으려 안간힘을 쓰고 있다. 쉽지 않은가 보다. 끙끙거리다 다시 두 손에 힘을 불끈 쥔다. 숨이 가빠진다. 이내 단념하고 맥이 풀린 듯 잠시 호흡을 가다듬는다. 똑같은 방법으로 다시 해본다. 검은 모자를 쓰고 꽉 끼는 양복을 입은 그는 콧수염만 없을 뿐 찰리 채플린을 연상시킨다. 그러나 어쩐지 채플린보다 한참 비루하고 측은해 보인다. 어떻게든 벗으려고 버둥거리지만 발바닥과 구두창이 딱 달라붙은 듯 장화는 도무지 벗겨지지 않는다. 어느 틈엔가 객석에서 쿡쿡 웃음이 새어 나온다. 빙판길에 꽈당 넘어진 사람을 보면 놀라 당황하다가도 쿡 웃음이 나오듯이. 그러나 웃음이 터져도 팽팽한 기대감은 여전하다. 결국 벗겨질까 안 벗겨질까? 저 안에 들어 있는 건 뭐지? 좀처럼 바뀌지 않는 상황에 나름의 기대와 조바심마저 퇴색되려 할 즈음, 깡마른 남자가 우스꽝스러운 팔자걸음으로 등장한다. 그의 표정 역시 뭔가에 골몰한 듯 심각하다. 장화를 벗으려던 남자가 이윽고 말을 던진다. 고요 속에 파문을 일으키는 소용돌이처럼, 뜻밖의 강렬함과 공허함을 수반한 채 한마디 말이 메아리친다.

"별수 없군……."

깡마른 남자블라디미르/디디가 장화 신은 남자에스트라공/고고에게 대답인지 혼잣말인지를 한다.

디디 나도 그런 생각이 들기는 했어. (걸음을 멈춘다) 내 평생토록 그런 생각 따윈 아예 생각하지도 말라고 혼자서 이런 말을 해왔지. '침착하자. 그리고 최선을 다해보자'라는 따위의 말을 말야. 그러고는 또 노력을 계속해보았지. (생각에 잠긴다. 자신이 애써온 일들을 회상해본다. 에스트라공을 바라보며) 그래, 자네 또 나타났군그래.

고고 그렇지 않고?

디디 아무튼 다시 만나서 반갑네. 나는 자네가 영영 가버린 것으로만 알았지.

고고 나 역시 반가우이.

디디 결국 또다시 만나게 됐구만그래. 우리가 서로 만남을 축하해야 하지 않을까? 하지만 어떻게 한담? (곰곰이 생각에 잠긴다) 일어나게나. 내가 한껏 껴안아줄 테니 말야.

고고 (깜짝 놀라 펄쩍 뛰며) 안 돼. 안 된단 말이야. 지금은 안 돼!

이 대화는 1979년 최준기가 번역한 『고도를 기다리며』의 일부이다. 노란색 표지에 보라색 글씨로 제목이 적혀 있는 이 희곡집은 책꽂이 어디에 꽂아놓아도 눈길을 멈추게 하는 책이다. 노리끼리한 종이에 세로쓰기로 적혀 있는 옛날 말투의 글을 보니 마술처럼 그 무대가 생생하게 펼쳐진다. 외롭고 고즈넉한 무대 위에서 인물들은 쉬지 않고 뜬금없는 말을 주고받았고, 심오한 듯하던 대화는 어느새 유치해지곤 했다. 묻고 답하는 것처럼 보이는 대사도 잘 들어보면 어째 다 혼잣말이다. 등장인물들은 어느 장면부터 시작해도 상관없을 듯한 아주 단순한 행동을 반복한다. 모자를 썼다가 벗었다가, 신발을 벗었다가 신었다가, 냄새를 맡고, 던지고, 순무를 야금야금 먹고, 불안하고 부산한 발걸음으로 무대를 종횡하다가는 손을 이마에 얹고 먼 곳을 바라본다.

"대체 연극이긴 한 건가? 고도는 누구인가? 그들은 왜 무엇 때문에 기다리는가? 이것은 비극인가 희극인가? 외마디 말로 주고받는 난삽한 대화, 대체 이것은 연극이기라도 한 것인가?"

이어령 평론가는 이 작품을 보고 해석 대신 의문으로 채워진 평을 남기기도 했다. 유희적이면서도 비극적인 희곡 『고도를 기다리며』의 고도는 창작자인 사무엘 베케트조차 '누구인지 모르는' 존재이다. 작가가 고도를 규정하지 않음으로써 고도는 모든 사람들이 생각하는 모든 것이 될 수 있었다.

내가 이 연극을 처음 본 건 1988년 산울림소극장에서였다. 당시 임영웅 선생님의 〈고도를 기다리며〉는 한국 최초로 아비뇽 국제연극 페스티벌에 초청되어 원작의 나라에서도 '음울하면서 익살스럽고, 희망의 상승과 하락의 세분화로 깊은 비감을 울린 작품'이라는 호평을 받았다. 1969년 초연을 시작한 임 선생님은 올해 사십오 주년 기념 공연을 올릴 예정이다. 선생님은 수십 년 동안 공연해온 이 작품에 대해 "〈고도를 기다리며〉는 숨은그림찾기다"라고 술회한 바 있다. 맨 처음 〈고도를 기다리며〉를 본 후로 나는 전부 몇 번을 봤는지 셀 수 없을 정도로 여러 차례 이 공연을 봤다. 왜 그랬던 걸까? 성격 급한 나에게 기다리는 것만큼 지루하고 잔인한 일은 없건만.

작품의 1막에서 '고도'라는 말은 열여덟 번 반복된다. 2막에서는 스물두 번에 이르고, 대명사나 다른 것에 빗댄 것까지 세자면 헤아릴 수 없을 정도로 언급된다. 하지만 고도의 정체는 끝까지 미지수다. 신일 수도, 사랑일 수도, 죽음일 수도 있으며, 희망이거나 허망한 꿈일 수도 있다. 여기서 신기한 일이 벌어진다. 〈고도를 기다리며〉가 상연되고 있는 그 공간에서는 무대 위 배우들뿐만이 아니라 객석의 관객들까지 모두 함께 그 정체를 알 수 없는 고도를 기다리게 되어버린다. 마치 부흥회나 기도회에서 뭔가 신비스러운 힘에 휩쓸리는 것처럼 말이다.

나 역시 그랬다. 〈고도를 기다리며〉를 통해 내가 기다리는 '고도'가 무엇인지 자문했다. 나를 여기까지 오게 한, 무턱대고 쉬지 않고 달려오게 한 그 시발점. 새삼 지나간 시간들이 휘돌아 온다. 지금과는 참으로 다른 냄새다. 그것은 애틋한 빛깔의 그리움이기도 하고 어둡고 기나긴 기다림의 시간들이기도 하다. 희망과 절망과 행복과 불행이 언제나 뒤섞여 있었으며, 늘 무언가를 기대했지만 정작 기대한 것을 얻었을 때는 내가 기대한 것이 무엇이었는지를 잊어버린 채 공허한 가슴으로 빈 하늘을 원망하고 나무라기 일쑤였던 세월들.

〈고도를 기다리며〉의 기다림은 언제나 현재진행형이다. 나는 블라디미르와 에스트라공, 잔혹하지만 어설픈 포조, 개줄에 묶여 있는 럭키, 극 말미에 고도 선생님의 소식을 전해주는 소년까지 몇 명 안 되는 등장인물에게서 모든 인간의 유형을 보았다. 그것은 조석으로 바뀌고 돌변하는 나이고, 너이고, 우리 모두의 모습이다. 기쁨과 슬픔, 측은함과 막막함, 무한한 가능성과 아무리 노력해도 되지 않는 것들 사이를 시계추처럼 오가는 애처로운 우리네 모습. 인간이기 때문에 절망하고 인간이기에 애써 용기를 내곤 하는 우리 모두의 모습 말이다. 더불어 이 작품은 우리에게 참으로 많은 질문을 던진다. 도대체 기다리는 대상이 누군지, 그는 정말 오기는 하는 건지, 내가 어제 만난 너는 오늘의 너와 동일한 인간인지. 오늘 나의 노력이나 나태함은 최선인지, 아니면 어쩔 수 없는 운명인지. 그럼에도 불구하고 우리는 여전히 불확실하고, 불안하고, 그 불안으로부터 구원받기 위해 뭔가에 기대고 매달리는 것은 아니냐고.

"별수 없군. 이런 거야. 어차피 답은 없는 거야……."

살면서 많은 순간 나도 에스트라공이 되어 이렇게 중얼거리곤 했다. 고고, 디디. 당신들은 참으로 슬픈 거야. 산다는 건 슬픈 거야. 슬픔에만 빠져 있지 않으려고 웃을 뿐. 뭔가를 해보려 애쓰고는 있지만 또 번번이 실패하고 좌절하고 슬퍼지는 인생을 목도하고. 그럼에도 우리는 또 기다리면서 간절하게 기원하고 염원해도 이루어지지 않는 것들을 가슴 저미도록 흘려보내고 묻어버리고.

그러다 아차 하는 순간에 자신이 만들어놓은 덫에 걸려들곤 한다. 욕망의 덫, 야심의 덫, 사랑이라는 덫, 가족이라는 덫. 후회라는 덫, 실수라는 덫. 그 덫이 발목을 움켜쥘 때면 굳이 벗어나려고 애쓰지 않아야 언젠가 덫으로부터 자유로워질 날이 온다는 것도 살다 보니 알게 되었다. 그런 게 인생의 부조리인 걸까. 다만 쉽게 포기하지는 말아야지. 남의 웃음을 보고 그것을 나의 고통으로 삼아 자신을 비참하게 만들지는 말아야지. 우리가 누리고 싶은 영예나 대운은 그런 것에 얽매이지 않고 살아가더라도 어쩌다 한 번 경험할까 말까 한 것이니까. 무엇보다 중요한 것은 자기 자신이니까.

"가자."

"안 돼."

"왜?"

"고도를 기다려야 하니까."

"참 그렇지."

'기다려본 적이 있는 사람은 안다/세상에서 기다리는 일처럼/가슴 애리는 일 있을까'라던 황지우의 시구는 우리 모두를 두고 하는 복화술이다. 살아 있는 한 기다림이 없는 사람은 없을 것이기에. 조급해하지 말고 기다림을 받아들이고 즐길 수 있기를. 지나치는 그 순간 청춘은 지루하고 무료하게 느껴지지만, 인생의 절반을 넘어서면 정신 못 차릴 정도로 바삐 뛰어다니느라 놓치는 것들이 많아진다. 조금 헐렁하게 시간을 보낼 수 있을 때 많은 것을 느끼고 경험하여 비축해두면, 훗날 절망을 수월히 견딜 수 있게 하는 축대가 되리니.

산다는 건 기다림의 긴긴 지속이나 다름없다. 다만 매 순간 무언가를 기다리며 살고 있는 나와 당신에게 '고도'는 분명 존재한다. 내가 없는 시간 내내 언젠가 저 문을 열고 내가 들어올 것을 믿고 기다리는 라마와 마루에게, 나라는 고도가 있는 것처럼 말이다.

그리고
우리들의 고도

작년 제가 한창 이 책을 쓰던 즈음이 떠오릅니다.
4월 16일 있었던 세월호 참사 이후 저는 일주일 이상을 종일 뉴스에 매달렸고 아무것도 할 수 없는 먹먹함에서 헤어 나오느라 무척 애를 썼습니다.

지난 해 꼬박 석 달 동안 원고를 쓰면서
때로는 눈물 흘리며
때로는 허투루 웃으며
지나간 시간을 추억하고
빠르게 돌리고 느리게 돌리다가
저는 지금 이 지점 어딘가에 서 있습니다.

문득
눈물과 콧물로 얼룩진 모습을 한
여섯 살의 제가 쓱쓱 얼굴을 닦고는
쌔액 웃으며 제 안에 다시 숨어듭니다.
여덟 살쯤은 되어 보입니다.

이 책의 시작은 그랬습니다.
다음 생에는 라마가 꼭 사람으로 태어나
제가 못다 한 말, 들려주지 못했던 말을 들어줄 거라는 믿음에서
쓰기 시작한 글입니다.
그렇게 라마에게 쓰려 했던 편지가
한 편의 고백서가 되어 세상에 나오게 되었습니다.
부끄럽고, 두렵습니다.

라마는 2001년 11월 20일에 태어났습니다.
이듬해 봄날 작은 기적처럼 제 품에 안겼습니다.
그리고 우리는 함께 살았습니다.
매일 같은 길을 걷기도 하고
불쑥 여행을 떠나 미지의 길을 걷기도 했습니다.
함께 잔디밭을 뒹굴고

눈밭을 뒹굴며
노을 지는 산자락을 바라보기도 했습니다.
요즘 라마는 말 많은 수다쟁이 노인네가 되어 수시로 짖어댑니다.
제가 아래층에 있으면 올라오라고 짖고
제가 위층에 있으면 왜 올라가 있느냐고 짖습니다.
잘 안 들리기에 짖고
잘 안 보이기에 짖습니다.

어제 새로이 진단받은 부신피질기능항진증이라는 병까지 짊어지게 된 라마는 앞으로 더욱 자주 병원을 가야 할 모양입니다.
최근 라마가 잘 있다가 난데없이 주저앉곤 하는 일이 자주 눈에 띄었는데 경추부터 요추까지 번진 퇴행성관절염 때문이라는 것 또한 알게 되었습니다.
이러저러한 약으로 그 아이를 치료하기 시작한 지도 벌써 이 년이 다 되어갑니다.
오늘은 라마가 마당으로 드나들기 쉽게 낮고 넓은 디딤 계단을 만들어주기로 한 날입니다.
다행히 라마는 아직 제 곁에 있습니다.
아직이라는 말을 하는 저 자신이 얄궂으면서도
저 또한 라마와 함께 늙어가고 있음에 한편으로 안도합니다.

저는 라마에게 고작 기다림만 가르쳤지만
라마는 제게 살아가는 법을 가르쳐주었습니다.
이 세상에는 생각했던 것보다 훨씬 더 가슴 따뜻한 일이 많다는 것도 알게 되었습니다.
그런 라마에게 더 이상 해줄 수 있는 것이 없어질까 두렵습니다.

한 권의 책이 만들어지는 과정을 지켜보며 한 편의 영화를 만드는 일에 버금간다는 것을 배울 수 있었습니다.
역시 세상에는 혼자 할 수 있는 일은 아무것도 없나 봅니다.

지금껏 저를 이끌어주고 지탱해주신 많은 분들,
이 책을 함께 만들어주신 최지은 기획자와 양은영 편집자, 김정순 북하우스 대표와 북하우스 출판사 식구들, 이 책의 첫 독자가 되어주신 임순례 감독님과 오동진 평론가께 깊은 감사를 전합니다.
라마에게 사회성을 가르쳐주신 이형구 소장님, 소심한 천방지축 마루를 의젓하게 만들어주신 류동욱 소장님, 늘 라마와 마루의 건강을 챙겨주시는 권영항 원장님과 이장석 원장님께 깊은 감사를 전합니다. 또 히말라야의 사진을 흔쾌히 쓰도록 허락해주신 윤평구 작가님, 배우 방은진의 모습을 사진에 담아주신 이충열 사장님과 허호 작가님, 인터뷰 사진을 제공해주신 영상자료원, 영화 〈오로라공주〉 현장에서 라마의 빛나는 모습을 사진에 담아주신 전혜선, 최지현 스틸기사님, 〈용의자 X〉와 〈집으로 가는 길〉의 조원진 스틸기사님, 모두 감사합니다.
라마가 한 살이 되기 전 즈음에 장만한 디지털카메라와 DSLR 카메라로 라마의 모습을 수도 없이 찍어왔건만, 하드가 유실되는 바람에 네 살 이후의 라마밖에 책에서 보여드리지 못한 점이 못내 아쉽습니다. 라마에게 미안한 마음입니다.
끝으로, 라마와 함께 제 삶의 든든한 동반자가 되어준 둘째 마루에게도 고마움을 전합니다.

지금 이 순간에도 저를 사랑해주고 믿어주고 응원해주는 우리 가족들과 작품으로 만나는 많은 동반자들께,
그리고 세상에.
몇 갑절의 사랑을 되돌려드릴 수 있는 사람이 되었으면 참 좋겠습니다.
이 책이 여러분들께 작은 희망 한 자락으로 피어나길 또한,
간절히 소망합니다.

2015년 2월

방은진

라마야 기다려

초판 발행 2015년 2월 16일

지은이 방은진
펴낸이 김정순
기획 편집 최지은(고래방) 양은영
디자인 김진영
마케팅 김보미 임정진 전선경

펴낸곳 (주)북하우스 퍼블리셔스
출판등록 1997년 9월 23일 제406-2003-055호

주소 121-840 서울시 마포구 양화로 12길 24(서교동 395-4) 선진빌딩 6층
전자우편 editor@bookhouse.co.kr
홈페이지 www.bookhouse.co.kr
전화번호 02-3144-3123
팩스 02-3144-3121

ISBN 978-89-5605-936-5 03810

이 도서의 국립중앙도서관 출판시도서목록(CIP)은 e-CIP 홈페이지(http://www.nl.go.kr/cip.php)에서 이용하실 수 있습니다.(CIP2015003226)